文治
© wenzhi books

Park

Chan

-

Wook's

Montage

朴赞郁
著

杨帆
译

卢珍
金宝镜
校译

朴赞郁的

蒙太奇

四川文艺出版社

Park Chan-W

Montage

ok's

第一是个性

第二也是个性

个性高于一切

卷首语

说实话，这里没有一个字是我想写的。

在《共同警备区》上映前，我写字是为了赚钱，在那之后，是因为一些无法拒绝的邀请。尽管如此，我还是觉得不能就这样随便写写，因为无论过程如何，都必须努力才行。我是一个只要开始写，就必须一口气写完的人，似乎只有这样我才能感受到快乐。一旦我感受到快乐，就会很快写完，早点结束，我才可以继续写我的剧本。好像只要我想，事情就会真的如我所愿。

实际上，写的时候我就有打算，想着总有一天会将这些文字集成册出版。"写得这么痛苦，怎么也得有点儿盼头吧。"就这样，我真的等来了那个"总有一天"，就像现在这样。"前面不是说写得很开心吗？怎么转眼又变成痛苦了？这不自相矛盾吗？"我也没辙，这就是所谓的痛并快乐着。

我必须向那些为我奔忙的负责人问好，他们不仅付我钱，还让我出书，在此，我对《心灵漫步》也表示感谢。

　　随着岁月的流逝，很多需要动手修改的内容映入我的眼帘。对于动手修改过，但感觉还是欠缺说明的地方，我另外添加了说明。关于采访部分，我用书面形式进行了回答。

2005 年冬

朴赞郁

目录

Contents

1

2

3

Park Chan-W

Montage

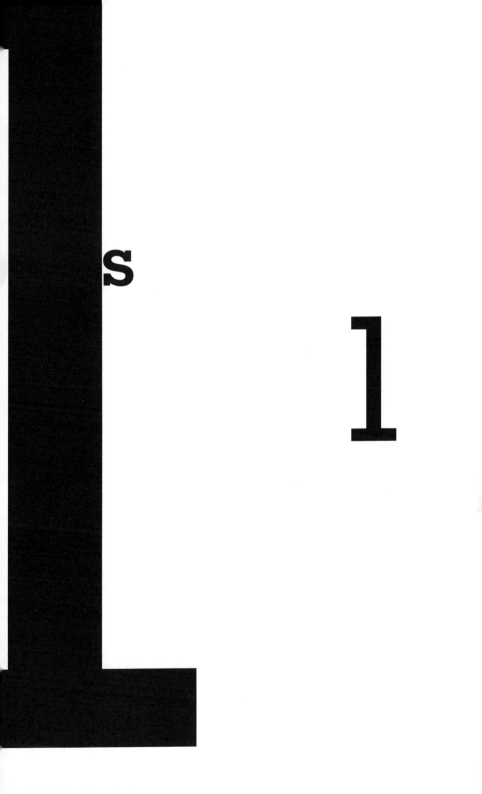

钟声（阵阵）

为避免不必要的误会，我还是提前声明吧。我的宝贝女儿无论从哪一方面看都不是什么奇才（以下我称她为"猫蛋"吧，老叫"我的宝贝女儿"未免有失尊重，直呼其名又怕侵犯她的隐私），我之所以如此断定，是因为她没能在小学二年级时就学会用斯瓦希里语问早安，也没有在网上开通"喜欢《爱欲银发世代》之人同好会"之类的博客，她唯一的特别之处就是跟郭景泽导演的女儿成了好朋友。

不过话说回来，天下哪有不特别的孩子。孩子们之所以特别，就是因为还没有接受够"教育"——人们习惯如此称呼这千篇一律的制式训练。正因为如此，孩子们很难理解，为何大人们晚上九点都要看世界杯转播，而不是动画片 *Bono Bono*。

去年，也就是猫蛋上小学一年级时，老师布置了记录家训的作业。猫蛋回来问我："我们家家训是什么呀？"我告诉她："我们家没有家训。"猫蛋说："老师说了，是个家就会有家训。"说完，她就开始酝酿三个小时的哭闹。我心想：完了，编也得编一个了。冥思苦想之后，我终于想出了一句"就算讨厌，也要再试一次……"多好的一句话呀，无论是亲人、朋友，还是恋人，争个你死我活之后还能低吟一句"就算讨厌，也要再试一次……"不过片刻之后，我意识到这句话似曾相识，应该不是电影海报里的，而是在别的什么地方看到的。我绞尽脑汁想了好几个小时，终于想起来了，那是在某本杂志上看到的居昌高中某间教室里的班训。

家训不像别的，不能随意剽窃……几个小时之后，我在白纸上写了这样一句话："不行就算了。"我跟猫蛋说："人要有闯劲儿，不管啥事，先做了再说，如果结果不尽如人意，就酷酷地来一句'不行就算了'。"猫蛋高兴坏了，这倒没什么奇怪的，小孩儿本来就是"想怎样就怎样"的疯狂族类。

不过成人终究还是成人，第二天，猫蛋带回来老师的口谕："世上哪有这德行的家训？"并要求孩子要么重写，要么让家长给一个合理的解释。大丈夫一言既出，驷马难追，家训哪能说改就改？换句话说，至少在这件事上绝不适用"不行就算了"这几个字。于是我附了这样的说明："现代人总是傲慢地认为，只要有意志，就能改变任何事情，事实上，单凭意志能改变的事情少之又少。心怀这种傲慢想法的人，无疑会频频遭遇挫败。拼尽全力仍不尽如人意时，我们应该学会放下。在这万事都标榜竞争的社会里，真正弥足珍贵的是放弃的哲学、断念的哲学。你爸爸我曾做梦都希望《我要复仇》能创下票房纪录，赶超你朋友的爸爸拍的电影，但结局惨不忍睹，票房只有他的二十分之一。当时我也是自言自语了一句'不行就算了……'"

也许老师真的被说服了，或者就算没被说服，至少老师也领会了"不行就算了"的深意，总之，后来老师再也没留记录家训的作业。"不行就算了"也就真的变成了我家的家训，谁知一年后的今天，发生了一件让我想要重新制定家训的事。

猫蛋玩着爷爷送的玩具钟跑了过来："爸爸，这个钟可以发出两种声音呢！"

"……我在忙着呢。"我看向猫蛋，她那一刻的动作我永生难忘。只见她轻轻摇了一下钟，声音清脆响亮。然后她用手包住了钟身，声音变得浑浊刺耳。天哪！小孩的耳朵是如此地细致入微！对成人来说，这些根本算不上声音啊。太惊人了！小孩的感受力实在是太棒了！他们不仅能看到表面的光鲜亮丽，也能容纳阴暗处的丑陋！从今往后，我的子孙后代上小学一年级时就能这么写家训了："请成为能够听到两种钟声的人吧！"

这篇文章写于 2002 年，所以涉及了《爱欲银发世代》，后来我们一家搬到了京畿道某地。在那之后，就几乎没再见过郭导的漂亮女儿了。

淘气鬼

如往常一样，一位老妇人在银行排队时翻看杂志。正当她看得兴起时，一名五岁左右的小男孩一把抢走了她的杂志。她向他伸手讨要无果，叹了一口气后开始翻看其他杂志。但那孩子重施故技，好像对这个恶作剧上瘾了。老妇人先后被抢走了四本杂志，但因为不是自家孩子，所以她没法对他发火……

更令人无法理解的是孩子妈妈的态度。那位年轻的主妇正聚精会神地对着小镜子化妆。明明听到了别人轻声责怪自己的孩子，却连眼皮都不抬一下……老妇人渐渐怒不可遏，她本来就对这一代的年轻家长有成见，这下更忍无可忍了。

孩子不停地在银行里乱跑。当小家伙将手伸向饮水机上的红色水龙头时，教训孩子的绝佳机会终于来了——将孩子从危险中救出，并趁机严厉批评缺乏公共道德观念的孩子妈妈。老妇人正要起身的时候，无意中抬起头的妈妈发现了孩子的情况。

那是一声无法用言语形容的奇怪的喊叫，银行里的所有人齐刷刷地望向那个女人，包括老妇人。一脸羞愧的女人一把抓住孩子的手腕把他拉到了角落。老妇人目睹着这一切。那个女人在孩子跟前

不停地用手比画着，这分明是哑语！那天晚上，那位老妇人，也就
是我的母亲告诫我，不要草率地评判他人。

哲 学 家

　　"28 岁就被迫成为一个哲学家，这其实并不是一件好事。尤其是对艺术家而言，这更是一件残酷的事情。"

　　这是贝多芬写在"海利根施塔特遗书"里的话。年轻的艺术家成为哲学家，这是多么痛不欲生的事情啊。他的意思是，还不如死了算呢！可真是为难了贝多芬。若是莫扎特的话，也许会这样说："26 岁成为有妇之夫，这其实并不是一件好事。尤其是对艺术家而言，这更是一件残酷的事情。"

　　看来，贝多芬认为 28 岁成为哲学家太年少了，但真的是这样吗？我虽没有成为哲学家的经历，但在读了四年哲学系后，反倒是无法认同他的想法了。不能说只有上了年纪的人才可以"致力于探索有关人与世界的体系"。重申一遍，所谓哲学家要做的事情，不是为了获取那个体系，而是为获取那个体系而付出努力。

　　而这种努力不是只有哲学家才能做到，是有思想的人"都能做到"，不，"都得做到"。正因为如此，才会有革命，《第九交响曲》才得以问世。你以为拍出一部电影就是举手之劳吗？当然不是。天下没有免费的午餐，所以哪怕"不是一件好差事"，甚至会"非常残

酷"，该做的事情还是要做的，能残酷到哪儿去，不至于出人命吧？
那位德国天才也是，早早地写好了有范儿的遗书，却多活了25年。

那么要如何努力呢？答案当然是要拼命了。举个与"神"相关
的例子吧。有神论者当然认为这世界上"有神"，那么无神论者又是
怎么想的呢？我们通常将不相信神之存在的人统归为无神论者，但
从严格意义上讲，所谓无神论者是认为这世界上都是"无神"的人。
当然了，这些主张都是需要论据的，这可并不是件容易的事，甚至
要保持"什么都不是"的立场也是很困难的，因为要想成为不可知
论者，就要证明"人类无法知晓神是否真的存在"这一观点。无论
持有怎样的想法，若不去刨根问底，那就没有什么价值了。

以上就是我想对自己说的话。当我深入探究自己的身份时发现：
除了"有妇之夫"这个身份外，我最近就再也没有其他身份了。

关于"已婚者的认同性"只是玩笑而已，并非将自己和莫扎特
相提并论，更不是认为妻子是累赘，希望大家不要误会。

战 争

经历一场大屠杀之后，万物都会变得沉静，但鸟类除外。那鸟类能说什么呢？关于大屠杀，鸟类能说的顶多就是"哔哔"而已吧？

——库尔特·冯内古特《五号屠场》

我曾经拍了一部担忧韩国战争再次爆发的电影。电影上映前夕适逢首脑会谈，整个气氛仿佛明年就能实现南北统一，于是我在心里嘀咕自己是否又做了一件傻事。结果好景不长，还不到两年，就变成这种局面了。小时候，几乎每家的孩子都做过"遭遇朝鲜人民军突袭后变成乞丐到处找妈妈"的噩梦，都是被朴正熙吓唬过头了。但是现在没人在乎这些，难道小布什先生的一句话只能吓唬到朝鲜人民？（2002 年 2 月 20 日，小布什在韩国访问期间发表演讲，他呼吁平壤恢复与首尔的和平对话，同时也对朝鲜的政治制度加以评论。在此之前，他还曾在"国情咨文"中将朝鲜列为"邪恶轴心"国之一。）

刘承俊先生"回"到"善良轴心"国时，不得不抛弃了价值可观的田地。当时我一点儿都不同情他的遭遇，反而对能够逃离战争噩梦的他羡慕不已，可见我是多么胆小如鼠。

"胆小鬼"库尔特·冯内古特在讲述美军轰炸德累斯顿的小说中也提到了这样一段话："写反战小说不如写反冰河小说，就像无法阻止冰河一样，战争也是无法阻止的。"他还说出了这样的话，"出色的人类生活在这样的社会里实在是天大的憾事。"可是这样的社会，难道不是人类创造的吗？莫非是布什先生？或者是鸟？难道战争真的是，就算除了小布什先生以外的所有人都联合起来也无法阻止的吗？小鸟们是否也是因为有同样的疑惑才叽叽喳喳地叫个不停呢？

当时，我感觉美国政府随时会轰炸朝鲜，所以写这篇文章时都是心惊胆战的。

改编

虽然我不想这样，但我在阅读小说时，经常会根据故事的情节来判断是否有拍成电影的可能性。这大概就是职业病吧。虽然现在好了很多，可以将文学作品只当作文学作品来享受，但是想象故事中的一些人搬到银幕上的情景，对我来说仍是件很有趣的事情。

我之所以想看《少数派报告》，也是因为很好奇，对同一部小说，我和斯皮尔伯格所想象的画面会有哪些不同。

至于菲利普·迪克的代表作《仿生人会梦见电子羊吗》，我是看过电影之后才读的小说。我记得当时我读完以后是比较糊涂的，因为小说和电影几乎没什么相关性，雷德利·斯科特导演表示他都没读过原著，可见这部电影已经远超创造的范畴，基本上是破坏性地改编。我非常珍惜原创作品，甚至可以说，我认为这部出色的电影并不火爆的原因就在于没有尊重原创作品。

菲利普·迪克擅长用可怕的手法描述人类对于自我认同的混沌状态。将小说翻拍成电影并非易事，因为小说里没有戏剧化的情节和生机勃勃的人物。

在他的小说中，故事总是无厘头地开始，又无厘头地结束，也不会出现充满魅力与个性的主人公。对于商业电影来说，这是致命的。不走直线的情节给人以在迷宫徘徊的感觉，而更恐怖的是，发现这梦魇永远不会结束。在这场噩梦中登场的怪物又是谁？不是别人，正是我自己！简直太恐怖了！缺乏生命力且没有个性的多个人物正把我团团围住，一边用手指着我，一边嘟囔：你就是恶魔……

库尔特·冯内古特的作品也很难改编成电影，他的代表作《五号屠场》，即使是《虎豹小霸王》的导演乔治·罗伊·希尔也显得力不从心。《母亲之夜》和《王牌战将》虽然很有意思，但远不如小说有魅力。赫赫有名的导演们为什么都是这个样子呢？那是因为冯内古特的幽默潜藏在对自己所塑造的人物的冷嘲热讽之中。这种态度，很难用电影的形式体现出来。我也同样认为约瑟夫·海勒的《第二十二条军规》无法翻拍成电影，不过迈克·尼科尔斯导演似乎很了解这一点，终于把此作品翻拍成功，电影里自始至终充斥着小说里的那份慵懒和不负责任。

这段文字写了几年之后，韩国国内再版了库尔特·冯内古特的作品，但是《第二十二条军规》不在其中。之前我是从瑞草区运营的移动图书馆借到的，所以我手里并没有这本书。我翻遍了旧书摊也没有找到，最终忘了是从哪里找到了一本英文版。真心希望有朝一日我能够拜读安正浩老师那无与伦比的译本。

琥珀

我原本很喜欢奇幻小说，因为不是很满意其中的理念，所以一直没机会深入其中。然而，连所有人都尊敬的厄休拉·勒奎恩的《地海传奇》系列都没读过的我，又是如何读完五部长篇《安珀志》的呢？大概比起其他大牌作家，我还是更喜欢罗杰·泽拉兹尼吧。换句话说，我是对《不朽》和《光明王》这两部科幻小说的作者的作品更感兴趣。

不知是谁用"钱德勒写的《老友记》"来形容《安珀志》，这句话真是可爱到让我想亲他一下。失去记忆的男子在医院醒来了，与不知从哪儿逃出来的美丽女子相遇。之后又遇到了武装分子的袭击，在奋起反抗的过程中发现自己的记忆开始一点点地苏醒……以现代纽约为背景的序幕其实一点儿都不魔幻。

"对于人类动机的纯粹性，心存一种与生俱来的怀疑论，这让我感到压抑。"我也有类似于这种冷酷无情的想法。进入《安珀志》的世界，开始幻想世界的旅行，从此一发不可收拾。尽管书中带有唯心论的色彩，但是书中的人物均是实用主义人物，倒也值得读者们追随。根据我的研究，CLAMP 的《魔卡少女樱》里"以卡片为媒介联结现实与虚幻"的创意必定源于此。

我相信我的这一看法总有一天会被学术界认可。

以"境界小说"系列和"格里芬丛书"知名的企划人姜秀柏（金尚勋的笔名）先生的译文也是值得我们信赖的。若韩国没有他的话，我又该从何处寻觅活着的乐趣呢？金先生，拜托您赶快把《安珀志》第五部翻译出来吧。

当然，在这之后，我读了《地海传奇》三部曲。在前往夏纳的火车上，我给女儿大声朗读了不短的时间，所以至今记忆犹新。我也并不是非那个系列不可，我也读过其他作品，现在很难说相比厄休拉·勒奎恩，更喜欢罗杰·泽拉兹尼了。然而《安珀志》第五部至今仍没有被翻译出版。

声音

我对机器根本就是外行，只不过作为电影人，对电影器材如何发出声音感兴趣而已。

实际上，像我们这种从事电影导演工作的人对剧场的声音是有一定了解的。比如某某影院的音响设备不错，就是四号厅不太好，我们经常聊这些东西。我们之所以会如此清楚这种事情，是因为那些声音是我们亲自制作的。关在录音棚里，用几个月的时间连最细微的声音也亲自创造出来。说实话，别人的电影看多少次也未必知道，因为我不了解人家的电影是如何制作的，所以也就无从判断影院发出的声音是否非常到位地呈现了出来。

举个例子，《共同警备区》这部作品在市内各个影院上映时，我就能判断自己制作的声音在哪家影院最能体现出声音与音响之间的完美融合，因此我也赞扬了那个影院的工作人员。但在这部电影参加了欧洲五个电影节后，在日本上映时，我却改变了自己的这个想法，因为我听到了截然不同的声效。在录音、混音结束几个月后，我终于听到了当初在专业录音棚制作出来的那种声效，完美地重现让我感到兴奋。更让我感到惊喜的是，我甚至第一次听到了非常细腻的效果音。那时我拍着大腿惊叹道："啊！我也能做出这样的声音了啊！"在只有背景音乐或枪声的场景中，立体声的声效会控制整个画面，每当这个时候，我就能深切地感受到极致音效。在设备不太好的影院里，只会出现主导性的声音，那种微小的声音是完全听不到的。每当这个时候，导演们真的会被气疯。以导演的立场来看，近到演员们的叹息声，远到从远处传来的鸟叫声，每一个声音都是弥足珍贵的。

这一次我们测试了多部影片的部分片段，并且挑选的影片都是我们在电影院看过的影片。《拯救大兵瑞恩》开篇的声音就非常复杂。我第一次听时，放映厅里只充斥着嘈杂的枪声与炮声，但是重复观看后就能感觉到装子弹的声音、波涛声、脚踩在沙子上的声音、头盔和步枪在军装上互相摩擦碰撞所发出来的声音、此起彼伏的喊叫声等不绝于耳，多个拍摄对象同时发出的各种声音融合在一起变成了一首交响乐。不同种类的枪的声音也不一样，同一把枪从不同方向打出来的枪声也会有区别。在这部电影中，丹拿（Dynaudio）音响的扬声器系统完美地呈现了与《珍珠港》的轰炸场面类似的混乱局面，但没能更生动地呈现出当时地狱般凄惨的景象，换句话说，就是差点儿意思。同是枪战，《盗火线》中的巷战场面就非常精彩。在寂静中不时响起的枪声以及弹壳掉落地面的金属音，无不将当时的情景充分地表现了出来。在罗伯特·德尼罗和阿尔·帕西诺两人一边喝咖啡一边交谈的对话场景中，饭店嘈杂的背景音里两大巨星轻声交谈的厚重声音也完美地呈现了出来。经典之作《异次元杀阵》也是如此，用营造氛围的机械音做铺垫，就算是非常细小的声音也能令观众打寒战。这种机械音一般不愿过于张扬，而是想给人一种坚守品位的印象。

听一听《莫扎特传》序幕部分的《第24号交响曲》，就能清楚地感知到丹拿音响的优势何在。丹拿音响是更能从电影角度引爆剧情呢，还是更能从音乐角度渲染悲伤气氛呢？换句话说，就是两者虽然均为电影音乐，但要问以电影为重还是以音乐为重的话，丹拿音响毫无疑问是属于后者的。也许早些看到《世界的每一个早晨》这种电影，就能更充分地感受到这部丹麦产的机器不爱张扬的独特个性了吧，心中不无遗憾。但不管怎么说，我最遗憾的还是没能测试我自己的电影。如果还有机会的话，我很想好好听听最近才发行的《共同警备区》DVD，到时候也许能说出更具体的感想。

这是曾在一本音响杂志上发表的评论。无论是那时还是现在，我都不够资格成为硬件专家。因为我知道我一旦开始关注，就等于陷入了无底洞，所以还是主动远离比较好。

摇篮曲

约第·沙瓦尔策划的专辑 *Ninna Nanna* 到底是什么意思呢？就是意大利语的《睡吧睡吧》。本专辑汇集了古今中外许多摇篮曲，从 16 世纪的威廉姆·伯德开始到阿沃·帕特为这张专辑创作的新歌，阿拉伯民族和犹太民族的民谣被收录到了同一张专辑里。

摇篮曲应该是世界上最古老的歌谣，是孩子出生后第一次接触到的音乐／故事形态。同时，摇篮曲也是妈妈们渴望得到休息的哀怨曲，是对迟迟不归家的男人的牢骚之歌，是对儿时的回归，也是比孩子更容易睡着的妈妈们的老童谣。不过归根结底，摇篮曲是根据摇篮晃动的节奏及轻拍宝宝屁股催眠的节奏创造出来的一种两人舞曲。所有的妈妈和奶奶都知道，除非越过强迫睡眠的劳动阶段，进入相伴休息的安详境地，否则孩子是不会睡着的。可见摇篮曲是为所有弱势群体创造的歌谣。

事实上，与其说这是一张为沙瓦尔制作的专辑，不如说是为了他妻子菲格拉斯创作的专辑。和着丈夫的伴奏响起的菲格拉斯的歌声无比温暖，以至于让我相信圣母玛利亚的歌声也不过如此吧。特别是跟竖琴演奏家女儿阿里安娜一起演唱的《玛丽塔》，我听后真的会忍不住哭泣。读者朋友们无须抱怨这张唱片太难找，我将用其作为我下一部电影的原声音乐，以此来送给你们。就算在影院忍不住流泪了也不打紧，毕竟这是一首摇篮曲，不是吗？

　　当时我是真的不太清楚，所以把 Jordi（约第）标记为 Holidi。后来通过美国某网站了解到真实情况，那个网站是一个教人音乐家姓名的准确发音的网站。Jordi 不单是西班牙人，也是加泰罗尼亚人，所以用加泰罗尼亚语发音应该是 Jordi 才对。
　　将《玛丽塔》用作原声音乐的电影当然是《亲切的金子》。

驱逐

近年来，不断涌现出优秀的古典音乐，而重新发行的唱片已然多得目不暇接，让人有种何时才能听得完的压力。尤其是去年，西班牙新生派代表"ALIA VOX"中约第·沙瓦尔所领导的正规演奏团体"晚星二十一古乐团（Hespèrion XXI）"马不停蹄地推出了一系列好作品，真的是"余音绕梁，三日不绝"。在那些经典中首屈一指的当属 *Diaspora Sefardi*，"Diaspora"意指失散与流浪，而"Sefardi"意指居住在西班牙和葡萄牙的犹太人。这首曲子是为那些背井离乡，流亡海外的人所作的。换句话说，这首曲子是将他们赶走的天主教徒的后裔们出于些许的罪恶感而演奏的"中世纪音乐"。

1492 年，伊比利亚半岛处在动荡不安中。卡斯蒂利亚的伊莎贝拉一世和阿拉贡的斐迪南二世彻底推翻了已有七百多年历史的伊斯兰安达卢斯政体，并派哥伦布去寻找新大陆。同时，发布新敕令，将西班牙的犹太人也全部驱逐出境。

阿尔罕布拉宫沦陷时，哥伦布就在格拉纳达。他的船队在前往印度的那天，码头因为被驱逐出境的犹太人而变得一片混乱。混血、宽容、共存的时代终结了，迎来了基督教的鼎盛时期，也就是对异教徒的侵略和镇压的全盛时期。

除了一部分改变信仰的人以外，大部分犹太人被迫前往北非、葡萄牙、意大利、法国、巴尔干半岛和印度。他们的文化发展可想而知，打个比方，犹太人母亲和西班牙父亲生下的孩子，在波斯尼亚吃着阿拉伯乳母的奶长大。至少有四种不同性质的因素交织在一起，成就了似是而非的独特文化，既有四种因素的传承，又不完全一致。这首曲子之所以让我感到有共鸣，是因为不久前刚读过的萨尔曼·拉什迪的小说《摩尔人最后的叹息》。萨尔曼·拉什迪离开祖国到处流浪，接受了各种文化的洗礼，这个故事曾经让我如痴如醉，哪怕是在紧张的拍摄间隙也会抽时间翻看。而主人公的祖先之一就是当时被驱逐到印度的犹太人。被驱逐出美丽的阿尔罕布拉宫的最后一位阿拉伯国王波阿布狄尔，跟受到驱逐令的犹太女子一起生活了几年。最终，犹太女子抛弃了波阿布狄尔，移居印度，并在那里生下了孩子。当然，专辑中收录的音乐是属于移居东欧的犹太人的。刚读完拉什迪的作品一个月后，我邂逅了这首曲子，真的是喜出望外。这首曲子实在是太伤感了，其实这种音乐并不存在特定的作曲家，那么，我这般的伤感也是可以允许的吧？

《共同警备区》的原声音乐创作时期，正好赶上了离散家属相逢的"8·15"（韩国光复节）。他们相拥哭泣的样子一直让我无法忘怀。为背井离乡的人们所创作的音乐，被用在这部电影中，似乎是情理之中的事。李秉宪和宋康昊书信往来的场面以及芦苇荡中李秉宪和金泰宇一起嬉戏的场面都用了这个音乐，效果非常好。那是一首在萨拉热窝发现的简短乐谱，我们采用了长笛和打击乐合奏的方式。既然这两个场景都是相思，两种乐器对奏的形式自然是再好不过了。

拍完电影后，我偕妻子和女儿一起去了西班牙。萨尔曼·拉什迪作品中主人公的先祖在托莱多做过刀匠，那里还留存着犹太人的圣所西纳戈加，站在高高的天花板下，仿佛能听到那首曲子的旋律。在波阿布狄尔含泪离开的阿尔罕布拉宫的某个房间里，我们也听了那首悲伤的歌。

在我那部电影中，我们对原曲进行了改编，并重新进行了演奏和录制。

等待的 TOM

汤姆·威兹被称作"等待的 TOM",可他到底在等什么呢?在我看来,这个 TOM 仿佛就没抱过什么希望,无论是旋律还是音色均充满了绝望。不过他不单单有沉重,还充满了幽默感,就冲这一点,我就很喜欢他。从鲍勃·迪伦朴素的民间音乐开始,到现在的爵士、民谣、摇滚、先锋派和民族音乐,以及难以归类的古怪歌曲,他无所不唱。不仅如此,他还是话剧演员、电影演员、舞台音乐家和电影音乐家。他与吉姆·贾木许、弗朗西斯·福特·科波拉、特瑞·吉列姆、罗伯特·威尔逊和罗伯特·奥特曼为伍,据说还是个颇厉害的酒鬼。因此,当电影《渔王》以及《人生交叉点》选他出演酒精中毒者时,大家不免为此叫绝。

既然说到酒了,不妨说说我和那群酒友,我们这个喝酒群是名副其实的"汤姆·威兹粉丝会"。大约六年前,我和当时还是某广播专栏 DJ 的李武英导演在首尔市内某酒店里一起创作《三人组》的剧本。一边听音乐一边做事是我们的习惯,而李武英当时带来的就是汤姆·威兹的音乐。每当国外的流行歌手们访韩时,李武英都会被叫去做翻译,他每次都会问对方同一个问题:"你认识汤姆·威兹吗？你觉得他的音乐如何？"所有人都会不约而同地叹口气，并异口同声地说："简直就是天才！"

汤姆那好像连续抽了一条烟的沙哑嗓音咆哮着唱歌的时候很是让我们着迷！最终，我们选择了他的《俄罗斯舞曲》作为《三人组》的原声音乐。（借此机会公开一个秘密吧，我的某一部电影将会用他的《黑色翅膀》，希望各位导演高抬贵手。）在那次如命运般的相遇后，我便开始收集他所有的专辑以及在欧洲发行的盗版唱片，就连其他歌手翻唱的专辑我也没有放过，加起来有三十多张。明白人一准儿能看懂，对于一个家境贫困的艺人来说，为他花这么多钱可不是一般地有诚意。

如果让我从中选出一张最满意的专辑，当然是格莱美获奖作品《骨头机器》，但如果让我选择最喜欢的一首歌，那肯定是最具爵士风格的专辑《蓝色情人节》中收录的"明尼阿波利斯的妓女寄来的圣诞卡片"。（我突然想起了这句话，也许汤姆是在等待明尼阿波利斯的某个妓女给他寄圣诞节卡片。）仿佛弹得很不经意，却极有味道的钢琴演奏无可挑剔，但这首歌真正的魅力其实在歌词中。与其说是唱，不如说是念叨，虽然整首曲子的旋律平淡无奇，但恰恰是那份朴实无华最打动人心。歌词描写了令人心酸的落伍者的卑微人生，但比任何一部爱情电视剧都要好看。下面是李武英、朴赞郁共同翻译的版本，不妨欣赏一下。

查理，我怀孕了。
现在住在欧几里得大街的尽头，
九号旧书店的楼上。
我戒掉了毒品，也不再喝威士忌。
丈夫没事会吹长号。
他是个铁路工作者。

他说他爱我。
虽然知道皮鲁不是自己的孩子，
但他说会待孩子如亲生骨肉。
他还把自己妈妈戴过的戒指送给了我。
每周六晚上他会带我去跳舞。

查理，我想起了你。
想起每当路过加油站时，
沾在你头上的油渍。

我现在还珍藏着《小安东尼与帝国》的唱片。

但是不知谁偷走了留声机。

是不是很让人生气？

马里奥被捕时，

我以为我会疯掉。

为了和家人一起生活，

我去了奥马哈。

但我认识的人不是死去就是被关进了监狱。

因此，我又回到了明尼阿波利斯。

看来我就只能在这里生活了。

查理，自那件事故后我第一次感到了幸福。

如果我们当时能把买毒品的钱

存下来该有多好啊。

我想买下一家二手车店。

不是用来卖车，

而是可以每天按心情换着车开。

但是查理，

要我来讲一讲实话吗？

我，并没有丈夫。

所以也没人吹长号。

事实上我急需钱来给律师。

查理，这次情人节我也许能保释出狱。

无须废话，如果我是美国导演的话，就冲这个题目，这个故事，肯定会拍一部电影，连演员我都想好了。专辑的封底有一张汤姆·威兹与身穿红色连衣裙的女子谈情说爱的照片，只有背影的女郎是他曾经的情人里基·李·琼斯，曾被称为女版汤姆·威兹的她可以扮演沦为妓女的颓废歌手。当然，查理的扮演者自然是男版李·琼斯的汤姆·威兹。蹲在监狱里给旧情人写信的妓女是怀着怎样的心情呢？本来是想让旧情人寄点钱给她，结果一想到自己的惨淡境遇情绪顿时一落千丈，于是写出幸福的谎言，到最后才不得已打起精神吐露实情。颜面尽失的她都来不及好好写下道别之词便匆忙收尾，这大概就是"可笑得只剩下悲伤"的类型吧？对未来毫无想法又不懂事的妓女所梦想的幸福是多么地微不足道啊，曾经被她欺骗多次，所以尽管爱她却不得不离开她的劳动者爱人，最终还是会给她寄钱的吧？而且，情人节那天，他肯定会在明尼阿波利斯监狱门口苦苦等待自己的旧情人。

每当听到"路经加油站时会怀念沾在情人头上的油渍"这句歌

词时，我总是有种想哭泣的冲动。这种歌词，如果不是汤姆·威兹，是绝对写不出来的。在奔驰的出租车后座上出生、没上过一天学、把整个青春都用来浪迹天涯的人，若没有这般经历，又怎能写出这样的好歌？

一直考虑将《黑色翅膀》作为原声音乐用在什么电影上，大概就是 2007 年预计拍摄的《蝙蝠》中了。至少到现在，这个想法我还没有改变。

狗 和 猫

也不知道为什么，我的女儿猫蛋相比人类更喜欢动物。（你见过比起游乐园更喜欢动物园的九岁大的孩子吗？）她的理想是当个动物保护家。她的房间里有各种动物玩偶，多到没地方可以落脚——虽然用动物玩偶来形容有些奇怪，但我真的不知道该怎么形容才好。我也是因为有了她，才知道这世界上居然有手工缝制的蛇玩偶、蝙蝠玩偶。画画时她也只画动物，甚至不看图谱也能画出各种动物。例如，树懒、狐獴、印度水鹿、食蚁兽，俯瞰视角的兔子，还有盘腿坐在椅子上的猴子等。

猫蛋尤其喜欢小狗，大概是受到英国伟大的绘本作家约翰·伯宁罕不朽的名作《我的秘密朋友阿德》的影响。遗憾的是，这种喜欢注定是场单恋，因为她的爸爸——我，是非常严重的狗毛过敏症患者。换句话说，猫蛋不能在家里养狗。因此，女儿又一次非常认真地问妈妈，能不能让爸爸搬出去住，结果她被妈妈狠狠训了一顿。我听说后也很生气，跟她说："我也跟你一样喜欢狗，只是因为过敏没法养狗，所以才养了你。"结果也一样招到了她妈妈的一顿训斥。

为了满足她想养狗的需求，我们不惜麻烦决定搬到郊外。要想让我和狗生活在同一屋檐下，那院子就是必需的。而要想生活在带院子的房子里，我们只能离开首尔。搬家日期定在了明年 8 月，最近猫蛋翘首以盼搬家的日子快快到来。

她每天都翻看类似犬类词典的画册，整天琢磨该买什么品种的狗。问题是那些书里的狗无一例外地都很名贵。于是我举了个伯宁罕的例子："对那些谁也不想要的没血统的小狗付出爱心的孩子才是真正爱狗的孩子。"她回答我说："爸爸……那你给我买一只谁也不想要的没血统的英国猎狐犬吧。"

结果，有一天……我的副导演家里的狗刚生了八只珍岛犬，他问我要不要拿一只去养。他家的"真"和"露"夫妇因为拥有好的血统和优秀的容貌而出名。据说"真"能抓麻雀，而"露"能抓老鼠，这么厉害的小狗，我自然没有理由拒绝。不说别的，这狗肯定得值不少钱啊。我马上把这件事告诉了猫蛋，当她听完我的话之后就开始趴在地上大哭了起来。这是每当发生超出她想象的好事时都会出现的情景。当时，我也有点儿激动！

好景不长，在停止哭泣后，她把我的过敏症完全抛到脑后，非要立马接回小狗。据她深信不疑的犬类词典所记，珍岛犬只会忠于自己的第一位主人，所以如果过些日子再接来的话，"不仅会很不听话，而且还会为寻找自己以前的主人而离家出走"。为此我还专门请教过副导演，也得到了相同的答案。这该怎么办？

至少得等到小狗断奶吧，好不容易争取了两个月时间，可是离明年 8 月搬家还足足有半年时间。于是我们开始劝说猫蛋先放弃这次刚出生的小狗，到明年夏天我们再接来新出生的小狗，但无论怎么哄都无济于事。这两天，猫蛋整天照顾刚出生半个月的"白欧"。她说珍岛犬非常强悍，就算是刚出生的小宝宝也敢冲着老虎大叫，于是她整天冲着不知道是哪儿的地方咆哮，还不停地画各种角度和大小的珍岛犬。可怜的爸爸一边目睹着这一切，一边埋怨副导演，陷入了深深的苦恼中。

我认识的一位女演员就非常喜欢猫，但她也是位不亚于我的过敏症患者。尽管如此，她还是养了八只猫。于是她每天靠服用抗敏药坚持着。

总而言之，我们是搬家了，但最终还是没能将珍岛犬带回家。于是我们养了猫。没有像我认识的女演员裴有贞那样养有很多只，我们只养了两只猫。原本我们跟猫一起住在公寓里，后来我得了过敏性哮喘，最后严重到睡眠中出现呼吸困难而被送到急诊室。医生当时说如果保持现状，两只猫也许会比我还长寿。于是我戒掉抽了 20 年的香烟，并且马上搬了家。现在我家猫咪们住在宽敞明亮的地下室里，我也不用每天吃抗敏药了。而"真"和"露"也有了巨大的变化。它们因为无法忍受家里那狭小的院子而离家出走，回来后就被送到乡下的农场去了。据说它们尽情地奔跑在宽阔的田野上，好不幸福。最后，副导演变成了导演，拍摄了《美女与野兽》。

不 成 对 的

　　很久以前，在一个叫作韩国的国家，有一个叫作首尔的城市，在这座城市里有一个叫作盘浦（首尔市盘浦洞）的地方，那里住着一个叫作瑞贞的小女孩。有一天，瑞贞和妈妈为了买新皮鞋一起去了地下商业街。

　　妈妈忙着给自己找皮鞋都无暇顾及女儿，突然听到瑞贞在另一隅叫自己："妈妈，快来看！"妈妈顺着女儿指的方向看去，架子上放着非常漂亮的一红一黑的皮鞋，妈妈说："大叔，麻烦您给我拿一双那个红色的皮鞋。""那鞋只有单只。"留长发扎辫子的大叔回答道。"那就给我一双黑色的吧。""那个也只有单只。"

　　"您说什么？都是单只怎么穿啊？而且黑色的那只还是男式皮鞋！天哪！"妈妈有些生气了。"去年秋天在巨济岛奶奶家的情景，妈妈不记得了吗？被雨淋成黑色的柿子树和挂在树上的朱红色柿子多好看啊！坐在树上吃柿子的喜鹊又是多么美丽啊！这只黑皮鞋上的白色鞋带多像喜鹊身上的花纹啊！"梦想成为画家的瑞贞如此回答道。

　　第二天，瑞贞将那双"坐在湿柿子树上的喜鹊与柿子"皮鞋贴上了自己的名字并穿着去了学校。在学校会发生什么的吧？那是当然了，简直炸了锅。孩子们使劲戏弄穿着两只不成对的皮鞋来到学校的瑞贞。他们还给瑞贞起了个外号叫"不成双"。

回到家里后，瑞贞依偎在妈妈怀里放声大哭。"他们凭什么嘲笑我，我就想穿不成双的鞋怎么了？""因为你的鞋比他们的要帅气，让他们嫉妒。如果不想被他们嘲笑的话，从明天开始就穿其他的鞋去上学吧。'坐在湿柿子树上的喜鹊和柿子'咱就在家里穿好不好？"

第二天下午，妈妈和瑞贞又去了那家鞋店，只是为了确认那双皮鞋剩下的那两只在哪里。留马尾辫的大叔回答说："事实上，另外一双是我女儿在穿呢，因为她执意要各穿一只鞋，所以就剩下了不成双的鞋。"

瑞贞虽然空手而归，但她还是很高兴的，因为她知道了还有一个像自己这样执拗的女孩存在，穿不成双鞋子的至少不是自己一个人。那天晚上，瑞贞梦到了那个女孩。瑞贞右脚穿着黑色男士皮鞋，左脚穿着朱红色女士皮鞋；而那个女孩左脚穿着黑色男士皮鞋，右脚穿着朱红色女士皮鞋。

第二天，瑞贞还是穿着"坐在湿柿子树上的喜鹊和柿子"去了学校。就这样过了一些天，瑞贞的班主任把她的母亲请到了学校。希望瑞贞不要再穿这种奇怪的鞋子来上学。你知道她妈妈是怎么回答老师的吗？"穿什么样的皮鞋是她自己的自由。瑞贞穿不成双的鞋子来学校，并没有给别人带来伤害不是吗？"

就这样，一个月过去了。现在没有一个孩子再叫瑞贞"不成双"了，因为总拿相同的内容开玩笑实在没什么意思。又一个月过去了。坐在瑞贞后面的庆贤和在允开始将皮鞋互相换着穿起来。起初只是因为无聊而开的玩笑，不承想效果比想象的要好。庆贤和在允悄悄地对瑞贞说："其实一开始我们就很羡慕你的皮鞋。因为怕被朋友们孤立才没有说出来，但现在我们鼓起了勇气。"

从此，穿不成双的鞋子反而成了流行。短短几天时间，学校的小朋友们都跟自己脚差不多大的孩子换穿了一只鞋。男孩找女孩换穿，女孩找男孩换穿。孩子们一见朋友就这样打招呼："喂，比下脚吧。"

一个月下来，老师们也学着孩子们做起来。男老师和女老师，女老师和男老师都换了鞋。老师们见了同事最先说的话就是："老师，比下脚吧。"

渐渐地，"不成双"鞋子在整个盘浦流行了起来，又流行到整个首尔，最后蔓延到整个韩国。制鞋厂纷纷开始销售不成双的鞋子。

但对于瑞贞来说，这件事已经让她提不起兴趣了，因为所有人都穿起了不成双的鞋子实在令人生厌。瑞贞打算重新穿回左右脚一样的鞋子。但因为制鞋厂不再生产成对的鞋子，所以哪里也找不到了。为此，瑞贞非常苦恼。

终于，她想到了办法。她跑到以前买"坐在湿柿子树上的喜鹊和柿子"皮鞋的鞋店，对店主叔叔说道："我想跟您的女儿见面。""为什么要见我们家正宇？""因为我要和正宇换一只鞋。"

终于，瑞贞和正宇见面了。听完瑞贞的想法后，正宇说跟自己想到一块儿去了，两人手拉着手蹦蹦跳跳，还来了个贴面礼，又用脚轻轻触碰对方的皮鞋，嘴也不闲着，用轻快的语气各自讲述了这期间所经历的种种趣事。

当然了，瑞贞和正宇欣然交换了一只皮鞋。至于谁穿了朱红色的女士皮鞋，谁穿了黑色的男士皮鞋，就不得而知了。

几年前，女儿的假期作业是创作绘本。其中插图部分都是女儿独立完成的，但故事部分是父女俩一起创作的。

世界杯

在过去这两个月里，我一直在纠结要不要如实交代这件事。究竟有没有必要亲口公开自己犯下的滔天罪行呢？是否真的能通过这个"良心宣言"成为诚信之人呢？但如果不把这些话说出来，我真的没有在祖国生活下去的自信，也没有脸面去见亲朋好友。于是我下定决心，走进了20年未曾进过的教堂。

"你犯了什么罪？"神父问道。

"我……啊……我……就是……啊！我说不出来！"

"主比你想象的更宽容。所以说说吧，你到底犯了什么罪？"

"我……我……真的不喜欢足球。"

"你说什么？你不会……连世界杯都没看吧？"

"事实上……我连一秒都……"

"天哪！主呀！"

没错，我直到现在才坦白，也许现在也不应该说出来。可我真的不喜欢足球，尤其讨厌世界杯。你们还是别问我为什么了，其实这跟你们对我最近上映的电影毫不关心别无两样。我实在不明白"用脚把球运进门里的游戏"，甚至还不是自己上场踢，只是在观望的事情哪有那么大的乐趣。如果本届世界杯是在其他国家举行，或者韩国队早早被淘汰的话，也许我的态度仅仅是毫不关心。偏偏这次的主场比赛，韩国队表现得过于出色，于是我对足球的态度从毫不关心升级为厌恶了。因为所有人都忙着谈论足球，谁也不理我；因为世界杯，好看的节目都没了（韩国在各种重大赛事期间会暂停其他节目用来转播）；因为世界杯，都约不了人了；因为世界杯，电影院里都没什么好看的电影了（电影基本都会避开世界杯期间上映）；因为世界杯，一帮从未谋面的陌生家伙居然爬到我的车顶踩起脚来了；因为世界杯，大家兴奋得疯狂鸣笛，搞得我连觉都睡不了。我感到很孤独。突然有些理解那些在学校被排挤的孩子是怎样的心情了。正常人根本无从知晓，像我这样生活在阴霾中的"卖国贼"内心的恐惧，亲日派心中的愧疚也不过如此吧。终于有天晚上，我做了一个噩梦，梦里我大喊"我讨厌世界杯！"随后被撕烂了嘴。

　　我就知道会这样。因此在世界杯期间，我专程去国外参加了电影节。欧洲和南美对足球的狂热程度绝不亚于韩国，于是我选择了美国。可是，这世界……不，安贞焕真不是省油的灯。我心想这会儿该被淘汰了，于是决定回国。不承想就在我回国的那天，正当我过安检走到大堂的那一刻，他射出了那有名的"黄金一脚"。我顿时心灰意冷，"……完蛋了"，于是我瘫坐在地上。在回家的路上，我遇到一群"红魔"眼带杀气。他们大喊口号"大……"若不跟着节奏拍手，我感觉自己即刻会遭到群殴。那天晚上，我们夫妻俩像躲进小胡同里的小偷似的回到了家里。当时的心情就像是在首尔站前露宿街头的人一样，有种"被抛弃的感觉"。好像我不再是这个国家的国民，再也没有资格仰视迎风飘扬的太极旗了一般。如果说唯有一点安慰的，就是妻子对足球也毫不关心。夫妻的凝聚力因为那段时间也变得越来越强。但她最终还是没能坚持住，现在正在收看韩国队与德国队的四分之一决赛。我泪流满面。"你就不能有点儿骨气？呜呜呜……你怎么能加入折磨我们、污蔑我们的队伍？"但是她的回答让我更加沮丧。据说小区的邻居们对着我们九岁的独生女儿指指点点，称她是"不看世界杯的孩子"。至此，我已无路可退，我决定投降，于是下定了忏悔的决心。

　　与尊敬的神父的对话到此结束了。

　　"您觉得我能得到宽恕吗？"

　　"嗯……兄弟，这可不是件容易被原谅的事情……要不，你先把世界杯比赛的重播看三遍再说？"

　　这篇文章被登载之后我接到了一通电话。内容是希望我成为2002年韩日世界杯史料编纂委员会的成员。据说郑梦准会长表示："至少需要一个像他这样的人。"我被那位会长叔叔折磨得够呛，最终认输。我参加了好几次会议，和几位知名人士进行讨论时，我又一次感觉到了孤独。我在会议资料上到处涂鸦，没想到后来出版成厚厚的两本书。在那本书上还真能看到我的名字。人生真是一场戏……

柳家兄弟

说来理所当然，对电影导演而言，真的没有比拍摄电影更快乐的事了，所以最近我很幸福。但拍电影也有不好的地方，那就是没有时间看电影。因此，最近我比较郁闷。几个月下来也只看了两三部而已，我终于无法忍耐，前天看了一部电影。虽然有很多大片，但我选择了《大口狗谈恋爱》，这部是柳承范主演的，而且是我在韩国最尊敬的柳家兄弟中弟弟主演的第一部作品。

我之所以尊敬这两兄弟，不是因为他们在逆境中取得成功，也不是因为他们的能力卓越，而是因为他们性格开朗且做事认真。众所周知，生活在 21 世纪的韩国人是很难做到这一点的。毕竟我们不能像西方人一样，在开朗和认真中二选其一。在我看来，在韩国既能开朗又能认真的恐怕只有孩子了。那些说着"孩子们确实很开朗，可认真嘛……"的人可能根本不了解孩子。不信请仔细地观察一下他们，孩子们其实对每一件事都非常认真。看漫画时、吃棉花糖时、跟朋友和父母一起玩耍时，他们都非常认真。

柳家兄弟的双亲去世得很早，所以他们从小就自食其力，我不明白他们在这样的成长环境中仍然完好保留童真的秘诀是什么。难道只是因为"吃的墨少"吗？在我跟柳家兄弟交往的这十年当中，做得最漂亮的一件事恐怕就是拼命反对承范的哥哥承莞读大学。当时，承莞很难适应像老太太的裹脚布一样的韩国社会。七年后，发生了驻韩美军碾死女初中生的事故，当时承莞提议剃光头，以表示对本事件的抗议。对此我感到很意外，因为在我看来，这种事情大概是参与过学生运动的人才会去做的。不久后，他告诉我说朋友送给他的帽子居然是美国制造的，他戴了好一阵子才知道这回事，感到很荒唐。"当时我朋友明明说是国产的，还是大专学历呢，我哪儿知道会是这样？"

相反，我又是一副什么德行呢？在某次采访中，被问到接到柳导演电话的心情如何时，我直言不讳："连大学门都没进过的家伙想要做这么大义凛然的事情，我这个学历高点儿的人又怎能拒绝呢？我还是要这张脸的。"我以为自己回答得非常阳光，没想到那位记者的表情一下子变得非常认真，仿佛在说："世上居然还有这种歧视主义者。"说到这里我真想大声呐喊，为什么我就没法做到像柳氏兄弟那样阳光和认真呢？

五年前，未来最受欢迎人气导演柳承莞顶着一张满是红色斑点的脸来找我了，他笑着说："我这是在工地做苦力，中了水泥毒。"他很苦恼，马上要去独立电影节领奖了，这副德行如何在众多女性观众面前亮相，真是让我哭笑不得。无独有偶，连兄弟俩一起合作的《没好死》和《无血无泪》也是那种既搞笑又悲伤的电影。

在《大口狗谈恋爱》中，承范扮演的不良学生与模范女生陷入了爱情。电影里的模范女生总是企图把他引入正轨，而这对不良学生来说是极其痛苦的。当时他说了一句"你了解我吗？"没错，我真的不太了解他。虽然承范经常在拍摄现场跟工作人员嬉笑打闹，但当崔岷植、宋康昊、薛景求这些伟大的演员出现时，他就恭敬地站在一旁，生怕自己错过任何一句话。拍戏的时候无论多么辛苦他也毫无怨言，一次又一次不断挑战的情景我目睹了无数次。

观看那部电影的晚上，我和柳承范一起喝了酒。他说张艺谋导演的新片《英雄》中的演员不仅长得帅，功夫也很了得，让他羡慕不已。看来他是在担心哥哥当导演、自己主演的新片中打戏太多。于是我对他说："你口水吐得好啊。如果有比你更会骂人、更会吐口水的演员，让他放马过来！"读者朋友们，我做得好吧？

再读一遍，发现我夸承范会骂人、会吐口水真不是什么好事，但木已成舟，说就说了。看来我真不是个幽默的人。既然承范正在拍摄《阿罗汉》，我应该这么说的："你也很帅，功夫好，而且你的演技超棒啊！"虽然不是什么漂亮的话，但至少应该告诉他事实。

《爱欲银发世代》

我吧，本打算不再写什么杂文或在某个采访中亮相，决心安静地写出一个跟《爱欲银发世代》肩并肩的杰作。谁知飞来横祸，电影不让上映了。"限制上映可"，换句话说"允许限制上映"，这是几个意思？你们算老几啊，还不让人写剧本了，气死我了，本来天气就热得让人上火。

啊，不好意思，我有点儿激动了。刚才说的这一段话我收回。实际上，我这么激动也无可厚非，谁让我是《爱欲银发世代》的狂热粉丝呢！（把它想成《猫样少女》与赵英男之间的关系就可以了。）我真的是爱死《爱欲银发世代》了。怎么会变成这个样子？这大概就是命运的指引吧。以前，我参加过电影振兴委员会英文字幕制作支援的审查活动，就是将 VHS 录像带拿回家里审阅。"这是啥啊？从没见过这种标题，这个导演也没听说过。"我一边嘀咕着，一边按下了播放按钮，也就过了十分钟吧，我匆忙地招呼妻子，两个人并肩坐在一起，从头开始观看。那一晚我们在地板上骨碌碌地打滚笑着，在结束时又相拥而泣。然后，那天晚上我们……

此后，我每次与人见面都会推荐这部电影。见到记者们也会提

醒他们尽快去采访导演，与导演们见面时也会建议说我们应该反省
一下。哪怕是见到普通人，也会激动地说："等着瞧吧，这绝对是超
级棒的电影。现在的韩国电影也不容小觑了！"可是，现在这局面
又让我情何以堪呢？这次的审查结果，让我彻底傻眼了。

　　说什么做爱的镜头成了问题？各位评委面对那个画面时，是真
的感到了羞耻，还是认为"虽然我没有，但广大国民会有"？前者是
过度敏感，而后者傲慢无礼……在我看来，你们是因为以审判的态
度在看电影，所以产生了错觉。如果你们能以平常心来欣赏这部电
影，那么或许也像我们夫妻一样，能体会到嘴在笑、眼却在哭的奇
妙感觉吧，真为你们感到遗憾。

　　如果问我，难道不审查这部电影了？那我一定会这么回答，是的！

　　不过现在不是计较这些的时候。好吧，审就审吧，等级也分一
分，不值得上映的电影也确实应该拒之门外。问题是《爱欲银发世
代》难道真的那么不堪入目吗？在你们眼里，这部电影里爷爷奶奶
的相爱表现，就那么像《动物的交配》（《电影振兴法》修改后首部
被判定为限制上映的电影）吗？怎么可能是猥琐，明明是一部可爱

的浪漫喜剧！当然了，你们也可以找这样的借口，如果现在允许这部电影上映，那今后怎么做审议，大家都争先恐后拍做爱片段怎么办？这能有什么问题？到时候具体情况具体处理，好的做爱允许，不好的做爱阻止不就行了吗？所谓电影等级不就是管这个的吗？你们想说自己不是判定电影艺术性的机构？这也太没有担当了吧，事实上，不论以何种方式，你们都是在判断电影的艺术性。至少在是否以 18 岁为观影年龄限、允许上映与否这些问题上是这样的。大家整天挂在嘴上的"我们并不是古板地恪守条款规定，而是为了从作品的整体脉络来看而努力"，不就是那个意思吗？既然"无条件限制裸露性器官"，那么又何苦委任有良知的各界人士来做审议呢？这不是只要有眼睛就能判断的问题吗？换句话说，这根本就是让我们捡芝麻、丢西瓜。所以拜托您睁大眼睛好好看看，《爱欲银发世代》中出现的性器官只不过是树木，对爱情和生命以及时间的反思才是整片森林好吗？

还真有一个各位不能随意判断的问题，那就是"一定要这么清晰地描绘吗？"这样的问题。艺术家在表达自己想法的时候，究竟用何种手法呈现，这完全是他的自由。跟大岛渚说"为什么非要给性器官特写，不特写也完全可以拍电影啊"，或者向弗朗西斯·福特·科波拉提出抗议，为什么一定要杀死水牛，这种抗议可以说没有任何意义，甚至是非常无礼的事情。拜托！与其提出这样的问题，不如死守限制上映吧。

最后，我想对过去电影审查的最大受害者，目前任等级审议委员长的金守容导演说一句话："不是别人而是金导演您登上了那个位置，这绝对是激动人心的事情。无论是否出自本意，我觉得其中定有历史的意志。导演您现在正处在大韩民国言论自由的历史一刻，能否成为流芳百世的里程碑就看您了。我们这些后辈，都不希望因为导演您的手而给自己留下污点。听说您是因为不放心把大家的作品交给非电影人，所以才连任委员长一职的。当时您在采访中说过这样一句话，实在是太感人了，我至今记忆犹新：'如果早点放弃幼稚可笑的思维方式，给我们更多表达的自由，那么现在的韩国电影界，肯定早已闻名于世。'"

我还是头一次用如此激动的心情写文章，所以显得有些夸张和无礼，还望您多多包涵。也希望您能理解我之所以用素未谋面的导演的作品这般闹腾的心情。

如今我与当时还素未谋面的朴镇彪导演成了好朋友。让我感到郁闷的是，明明"15岁以上可以观看"等级的《亲切的金子》最终被判定为18岁以上可以观看时，忠武路居然没有一个人站出来帮我说话。电影人异口同声地对我这么说："你那部电影居然还想要15岁以上可以观看，你的脸皮也太厚了吧？"为别人的事情出头根本就是多管闲事。

金绮泳、李斗镛与林权泽

　　我跟大多数人一样，从未着迷过河吉钟和金镐善。能让我疯狂的电影另有几部。例如，大学新生时期看的《火女》（1982年版），让我有了一种灵魂出窍之感。结伴自杀，阴毒的罗英姬紧紧抱着为了在糟糠之妻旁边死去而走下台阶的全茂荣的腿。就这样被拖着下来时，罗英姬的头部撞到木质台阶上，咚咚的撞击声响彻整个房间。感觉我的头也被一起撞碎，自那以后，我便成了最狂热的金绮泳的追随者。这部电影跟导演20世纪60年代拍的《下女》和70年代拍的《火女》是同一个题材，至今仍被列为我喜欢的韩国电影前十名。[1]

　　但是在同一全盛期的导演中，绝对不能漏掉李斗镛。当时在戛纳电影节上入选"最值得关注的视线"的《一个妇女的悲惨命运》

---

1. 金绮泳分别在20世纪70年代和80年代拍过两版《火女》。《下女》是60年代拍的，两部《火女》的故事就是从《下女》中来的，属于同一题材的分化故事。《下女》这部电影2010年另一位导演也翻拍过。
　（编者注，下同）

中，弥漫着凌晨青幽幽的色调，那份气韵映在丝绸道袍上，散发出清丽之美。跳大神的俞知仁举起单鼓，翻着白眼在权势之家的院子里穿行，随后便领着全村人奔向冤魂们沉睡的皮膜，那个场面十分壮观。《最后的证人》也有很多含恨的冤魂，作为一首抚慰众多灵魂的镇魂歌，包含着导演强烈的意识形态。追踪连环杀人案的刑警揭开了整个事件的谜底，揭开面纱之后面对的是战争中发生的惨烈的爱恨情仇。电影要讲述的是被遗忘的过去如何影响现在，犯下的罪行总是要付出代价的。崔福岩将忠实的仆人演得很好，而在寒风中穿着旧风衣、立起衣领的刑警河明中让我尤为难忘。最后，嘴里咬着枪的表情、枪声，以及从芦苇荡中一同飞上天空的鸟群，至今令人怀念。

　　李斗镛向来以极具特色的暴力演绎手法和神剪辑而出名，最具代表性的当属电影《解决者》。我有幸在电影院看到这部电影，但电影仅上映一周便下线了，如今早已被人们遗忘。这一理念也适用于《最后的证人》，当时因为有理念方面的嫌疑，导演还被情报机构召唤过。遭遇审查之前观看这部电影的人很少，如今连那一点记忆也变得日渐模糊了。总之，《解决者》中的格斗场面精彩绝伦。将流氓拖进公共卫生间，把肥皂塞进他的嘴里，再打几拳，然后将他的头按进马桶里，当时从马桶里冒出来的泡泡是那么地可爱。在砖头工厂发生的闻所未闻的冗长的打架片段，黄正利那华丽的腿脚功夫……千篇一律是一群凶神恶煞的冷硬世界。在法律变得苍白无力的那个年代，这种私下惩罚让人感到痛快。

此外，还有一部一周就下线的 B 级片——林权泽的《悲伤的泪水》。我觉得那个年代的林权泽远比现在要好。当年我特别厌恶林艺真、李承铉表演的少男少女罗曼史，就是因为高中毕业之前看的这部电影重重地撞击了我的心。走投无路的郑幼珍用刀剖腹的毛骨悚然的场面，现在十多岁的青少年们是无缘看到了，对此我真心感到惋惜。靠在学校红砖墙上抽烟的那些黑色校服少年如今在哪里，过着怎样的生活呢？每当陷入人生困境时，我总能想起那把工具刀。

梦幻的富川

　　但凡说到看电影，只有按照自己的想法去选择才不会觉得后悔。不是真正了解我兴趣的朋友，我一般都会谢绝他的推荐。我在富川分别观看过金洪俊导演和宋能汉导演推荐的电影，倍感挫败。金洪俊导演呢，不是推荐了自己喜欢的电影，而是从极其主观的角度判断我的喜好而推荐了电影。宋能汉导演，则是推荐了自己喜欢的电影。遗憾的是，他们推荐的电影都不是我的菜。连世界级的电影迷金洪俊导演和同样卓越的宋能汉都如此，还有什么话可说。虽然都是高手，但喜好不见得是一样的。

　　在电影节期间尤为如此。无论是戛纳还是富川，举办电影节的城市既是宝岛，又是雷区，到处都是陷阱。虽然提供了所谓的指导手册，但根本没什么帮助，因为那不过是一本华而不实的旅游观光手册罢了。如果不信，不妨现在就拿出任何一年任何一届的电影节观影指南翻开看看吧。这一部部的电影，不是"巨匠"就是"了不起的明日之星"导演的，要不然部部都是"杰作"，再不济也是"话题之作"，它们是"珍珠""宝石""充满魅力""真正的发现"，要么"在多个电影节上得到盛赞"，要么就是"掀起巨大争议"，所以"不看会后悔"。但看了其中一部分的你，现在又有何感想呢？一半以上都是谎言，或是夸大其词吧？这也没什么奇怪，再有名的导演也不可能源源不断地拍出杰作，就算在某个电影节上获了奖，也不可能正好是我的菜。比如在这次戛纳电影节上，我觉得首屈一指的当属马可·贝洛基奥导演的《信仰时分》。但是那部电影没有拿到任何奖项吧。无论是韩国记者，还是评论家们，提都没提过这部电影。就是这个样子。

就算这样，终究还是得选几部看吧。怎么办呢？只能读一读摘要，看一看导演是谁，再认真看一看宣传照，除此之外，还能有什么好招？如果拿过奖，就多打点分数，也可以向已看过的人咨询一下。刚才不是说那些都不怎么靠谱吗？那也只能如此了。

对了，关于富川电影节补充如下两点：第一，一直以来都认真挑选好的短片作品进行介绍；第二，特别展是富川电影节的一大亮点。

问个问题，一个人一天究竟能看多少部电影？我认为一般是三至四部。如果看得过多，脑子就会变成糨糊，搞不清自己都看了什么。但这次我想挑战八部。如果看一会儿觉得那是不值得看的电影，我会毫不留情地离开，或者干脆睡觉。对制作方未免太无礼了？哪儿有那样的规矩，不想就就不看呗。电影节本来就是那样的地方。

我已做好了心理准备，下面公开我认真做标记的观影日程表。

7 月 11 日

17 点，《贝克汉姆》——那天只有这一部电影。虽然我对足球没什么兴趣，但因为没有选择的余地，所以只能看了。因为是开幕式影片，所以之后上映的可能性相对较低。而且，因为有了女儿，所以对少女们的成长记还挺感兴趣的。

7 月 12 日

11 点，《一小时快相》——罗宾·威廉姆斯演绎的精神病患者的角色绝对不能错过。在《失眠症》之前，他居然扮演过这种角色，我头一次知道。更何况导演是马克·罗曼尼克，就是那位为九寸钉乐队和费欧娜·艾波拍摄过 MV 的马克·罗曼尼克。他演绎过史上最曲折迂回的故事情节，这样一位导演新导的长篇电影又会是什么样的呢？

14 点，《我要复仇》——据说这是一部杰作，不看会后悔。而且，上映结束后还会有与导演和演员们的见面会。

18 点 30 分，*Lilith On Top*[1]——想想都带劲。帅气的女歌手总动

---

1. 林恩·史都克威 2001 年的导演作品。暂无官方中译名。

员的摇滚纪录片，拍得再烂也无妨。至少能看到歌手、舞台和听众，能听到音乐和呐喊声吧！而且，结束后还有演唱会，这票的性价比可真高。

24点，《疯狂肥宝综艺秀》《被遗忘的影片》《群尸玩过界》——彼得·杰克逊特别展！动画片、假纪录片，还有一部搞笑的恐怖片。他的《指环王》曾让我们感受到难以置信的失望，这一次他又杀回来了。这样精彩的安排，实在让人无法入睡。

7月13日

11点，《奇幻短片精选 3》[1]——光读摘要都挺有意思，事实也应如此吧。汽车撞击测试用人体模型来袭击人类，已死去的男人回来寻找自己的妻子，把自己当成伟大作曲家的男人却在音乐学院做清洁工等，每篇故事都很精彩。但问题在于，我昨天晚上熬夜了。

14点，《狗叫汪汪》——如果从某一天开始，妻子突然像狗一

---

1. 为韩文直译名。原韩文名是판타스틱 단편 걸작선 3。暂未有官方的中译名和英译名。富川电影节的活动分几个单元，譬如韩国电影回顾展、奇幻短片精选、特别聚焦等。电影节开始前会征集短片，选出精彩的片子集中在"奇幻短片精选"这个单元放映。

样狂吠起来，你将会是怎样的心情呢？那个女子究竟经历了什么？我十分好奇，所以必须得去看看。阿格涅丝卡·霍兰的女儿出演了这部剧，这一点也是激发我好奇心的部分。还有，我也想见见汉克·阿扎利亚。

17 点，《神谕之谋杀》——比尔·帕克斯顿导演。"儿童连环杀人魔"的爸爸也是杀人魔！还说这跟什么超能力有关，总之，非常扑朔迷离。我喜欢这种做不到精准概括的电影，就是说喜欢这种单从摘要难以捉摸故事情节的电影，也喜欢资深演员的表演。

20 点，《鬼水怪谈》——《午夜凶铃》[1] 的原作者和导演的作品，相信绝对不会有太大失误。

24 点，《极道黑社会》《生存还是毁灭之犯罪者》《杀手阿一》《搞鬼小筑》——这些是这次富川电影节中最令我期待的影片。三池崇史可能是电影史上最可怕的狂人，沃纳·赫尔佐格和彼得·杰克逊还有立花隆，他们打算今年在富川举办疯子派对。我看了好几部他们的电影，不可思议的是，内容跟今夜的上映作品一点儿都不重

---

1. 中田秀夫 2002 年执导的恐怖片。

复，就仿佛是为我挑选的最新作品集一样。如果没有能熬夜的自信的话，最好放弃 17 点那档，先在车里睡会儿吧。

7 月 14 日

11 点，《奇幻短片精选 1》[1]——熬了一夜，困得很，但我还想继续看电影，每到这时选择短篇集是最明智的选择。就算在看前两部时睡着了，至少还能看后面两部。或者看第一、三部时睡觉，第二、四部时再看，按单双号分一下也未尝不可。此系列安排了两部国产片。

14 点，《侏儒流氓》——沃纳·赫尔佐格特别展！这种机会是可遇而不可求的，还是看一下比较好。以前在德国文化院看过，但因为没有字幕，情节一点儿都没记住。而且，怎么能够拒绝都是侏儒出演的电影呢？同一时段还有另外一部动画片《伊甸园》会放映，让我很纠结，但后来听说《伊甸园》取消放映了，于是立马选择了这一部。

17 点，《寻呼机兄弟》——白天是殡仪师，晚上就变身成淫词横流的段子手。这部电影说的是跟广播电台有关的故事，让我不禁想

---

1. 为韩文直译名。原韩文名是판타스틱 단편 걸작선 1。暂未有官方的中译名和英译名。

起了《爆肚风云》[1]。选择这部虽然没有特别的理由，不过至少可以听一听搞笑的段子吧。基本就是无所谓的心态。

20 点，《诺斯费拉图》[2]——这次是 DVD 版，是一部让人惊叹的片子！一起观看电影的严在英（灯光）导演说，如果能做到那样的灯光效果也算了却了他的一桩心愿。克劳斯·金斯基在《诺斯费拉图》中的表演与马克斯·舒莱克[3]的神秘感有所不同，散发着一种微妙的幽默气氛。这么说，威廉·达福在《吸血鬼魅影》里抄袭的并非"吸血鬼"舒莱克，而是娜塔莎·金斯基[4]。

7 月 15 日

11 点，《奇幻短片精选 5》[5]——虽然 6、7 也是杰作，但我唯独选择 5 的理由很简单。连着三天都到处换影院实在让我很疲惫。众所周知，富川的缺点就是影院太过分散。今天运气好，我从早到晚

---

1. 日本编导三谷幸喜的作品。讲述的是某夜电台直播时发生的喜剧故事。
2. 1979 年德国导演沃纳·赫尔佐格导演的版本。
3. 1922 年弗里德里奇·威尔海姆·茂瑙导演的《诺斯费拉图》中诺斯费拉图的扮演者。
4. 克劳斯·金斯基的女儿。20 世纪 80 年代欧美影坛特立独行的一位演员，个人气质和表演兼具纯洁和邪恶两种特质。此处意在表达威廉·达福在《吸血鬼魅影》中的表演是在向娜塔莎·金斯基取经。
5. 为韩文直译名。原韩文名是판타스틱 단편 걸작선 5。暂未有官方的中译名和英译名。

都在素砂区的素乡馆影院。

14 点到 17 点为《纽约地下电影精选》这部电影而来。连约翰·特拉沃尔特都甘拜下风的前辈们的电影，我一口气看了其中的六部。用超低预算创造出来的奇特想象力，会给想象力早已干枯的我带来怎样的刺激，光想想都让我激动不已。

20 点，《布鲁斯口琴》——三池崇史 1998 年的作品。这是一部鲜为人知的作品，希望不要像《杀手阿一》那样华而不实。这位导演的作品，事先了解剧情是毫无意义的，所以根本就没看摘要。

7 月 16 日

11 点，《东京无耻天堂，再见了布鲁斯》——这标题够别扭的，看来是不错的片子。有传闻称，这是一部铃木清顺风格的荒诞无稽片，加上"冷笑话与暴力相结合的 B 级片"这种介绍，确实让人动心。这难道是日本版的南启雄？不做太多期待，打算以平常心去看一看。

14 点，《赫尔佐格吃他的鞋》——这是一部非常有名的纪录片。虽然在各种电影节上都有机会看，但屡次错过。这不是别人，是赫尔佐格，真的没有再次错过的理由了。既然已经安排好了 Q&A 环节，那么或许还能听到在影片中未能呈现的赫尔佐格的蛮行、奇行、愚行。

18 点 30 分,《蓝色电影特别放映》——竟然是电影历史初创期制作的无声色情电影,肯定要看的。听说有帕兰达尔的音乐,不知感觉会如何。就算他选曲再成功,也不如在寂静中放映吧?会不会惊恐多于色情呢?我有预感,这将是一次新奇的体验。

24 点,《鬼童院》《自杀俱乐部》《妖型乐与怒》《一小时快相》——令人兴奋的恐怖之夜。虽然我不太喜欢吉尔莫·德尔·托罗,但《鬼童院》还是挺让人期待的。演绎集体自杀场景的《自杀俱乐部》,应该能让人们更深刻地体会到日本人的心理,而且还有不少古老的场景,让我十分期待。《妖型乐与怒》是著名的独立电影。在电影节期间,最受欢迎的嘉宾克里斯汀·瓦陈制作的圣丹斯电影节话题之作《一小时快相》我已经看过了,可以早点睡了。

7 月 17 日

14 点,《死亡幻觉》——这应该是一部荒诞无稽的圣丹斯式独立电影。据说,"名叫弗兰奇的巨兔警告人类,距离世界末日还有 28 天"。

17 点,《海市蜃楼》《黑暗之课》——沃纳·赫尔佐格制作的两部纪录片。一部是关于撒哈拉沙漠,一部是海湾战争后的中东,凑巧的是两部都有沙漠风景。虽然是纪录片式电影,但又像科幻电影,令人好奇。是否有种核战争后变成废墟的感觉?

20 点，《胡同的孩子 1》——真是一个奇怪的企划。找到在胡同里遇见的少男少女们的家拍裸照？这是什么意思？为什么拍？为什么脱？看了才能知道。但愿不是烂片，我可是放弃了两部赫尔佐格的美丽纪录片……

7 月 18 日

14 点，《自杀之旅》——选择这部电影，不是因为觉得这部电影有多么了不起，而是因为我比较关注自杀网站。在美国当人类学教授的朋友想写有关韩国和日本自杀网站的论文。如果这部片子不错的话，我就推荐给他。

19 点，*Ten Minutes*——闭幕式作品。明星导演们拍摄的短篇作品拼盘。明星演员荟萃的电影从来都不怎么好看，不知世界明星导演们的合力之作会怎样。"关于时间的反省"，这个主题实在太抽象了，估计是虎头蛇尾的片子。幸好还有擅长拍摄短篇的吉姆·贾木许和阿基·考里斯马基在。

7 月 19 日

14 点，《中国鸟人》——这是金基德导演最喜欢的电影。

17 点，《梦游者》——梦游症无论何时都是恐怖电影的绝好素

材。自己都不知道自己的行为才是最可怕的。将它拍下来真的会比
世界上任何一部恐怖电影都要可怕。据说，有非常惊人的反转……
为故事情节的反转而拼命的电影，一般都会有风险。

20 点，《异魔禁区》——最近几年间，斯图尔特·戈登一直饱受
争议，即便如此，我也不能放过他的新作。够义气吧！更何况这部
影片是他与布赖恩·约兹纳[1]久别重逢之后拍摄的电影，可谓是原版
爱情故事。这样一来，《活跳尸》里的三个人全都聚在一起了。去看
看搬到西班牙是不是正确的选择。

7 月 20 日

11 点，《我的魔鬼》——我不是因为沃纳·赫尔佐格看的，而是
因为克劳斯·金斯基才看的，仅凭他出演的场面或接受采访的情景
就值回了票价。因为朋友而得到这样一部电影的金斯基是多么幸福
啊！不过话说回来，不如活着的时候好好珍惜，人都不在了，送礼
何用。

14 点，《生命的标记》——沃纳·赫尔佐格的长篇出道作品。如

---

1. 美国著名恐怖片导演。与斯图尔特·戈登是朋友，经常合作。

果他拍了一部有人慢慢疯掉的故事，那么不用多说，去看就对了。

17 点，《千年决斗》——沃纳·赫尔佐格风格的武打片。北村龙平被称为"二十多岁的年纪就通过超低预算出道的狂妄型天才导演"……看来，日本又出现了一位类似于冢本晋也的朋友。

24 点，《突然上映》——并不是说题目有什么问题，而是说，真的很难猜想这是一部什么样的电影。外国的电影节也会偶尔做这种事情，苦苦等到深夜，却放一部烂片，简直让人气急败坏，不知他们有没有想到这个问题。看来他们真的很有信心。

对于率先抵制 2005 年富川电影节的我而言，再次读这篇文章的心情妙不可言。怀念 2002 年的富川，再难遇到当时那种企划了。而且现在已经很难像那时一样去看电影了，因为太忙，而且很容易被认出来，也因为热情也减弱了。实际上才过去三年而已啊，好怀念当年。

Action 和 Cut 之间

你人生中最重要的时刻，或者你人生中不断浮现的画面是什么？

是我妻子生下女儿的场面。只有跟妻子一起进修"拉玛泽分娩呼吸法"的丈夫，才有资格一起进产房经历妻子分娩的全过程。在漫长而痛苦的时间尽头，妻子皮肤下的毛细血管同时迸发，瞬间整张脸变成了如针扎般通红。就在那神圣的一刻，那个小小的生命来到了这个世界，我一下子就哭了。

作为你的出道作品，如果拍摄长篇电影的话，你最想拍什么？

我最初写的长篇剧本是《青铜阶梯》，是从索福克勒斯那里得来的名字，指的是通向地狱的道路。一位工会破坏专家突然失踪，随后他的手、脚、耳朵都被陆续快递过来。他的儿子，作为刑警的主人公开始着手调查，并逐渐了解到被绑架的父亲的罪恶行径。渐渐地，他对犯人的野蛮行为产生了共鸣。我原本打算请申星一和李璟荣主演。

我本来希望自己可以写出贝纳尔多·贝托鲁奇执导《同流者》

时期的那种感觉，但读过的人都只是叹了一口气，也没说出个所以然来，并且当时的政治局势也不允许这种题材出现。

你的出道作品中让你感到最遗憾的部分是什么？

演员阵容。歌手李承哲尽全力做到最好，认真工作，虽然他从来没有演过戏，但演得不错，只是他的外表跟人设不太相符。这对外貌协会的我来说，还是觉得有些遗憾的。

你在拍电影时，考虑的第一观众层是哪些人？最费心思的是什么？

身为家庭主妇的妻子、身为美术家的弟弟、已经去世了的李勋导演。他们都提醒过我不要拍腻歪的电影。

在不考虑外界评价的情况下，打心眼里喜欢的唯属于"我自己的场面"是哪一个呢？

是电影《三人组》的结尾。李璟荣打算上吊自杀，女儿从梦里惊醒大喊"爸爸",主人公想要回心转意,放弃自杀。刚好那一刻他的传呼机响了,他一惊,踩在脚下的椅子歪了一下,这就是电影的结尾。从他决心不寻短见这一点看,算得上是 Happy Ending 了。但从主人公原本渴望自杀却未能如愿的角度来说就不是 Happy Ending 了,总而言之,是非 Happy Ending 的 Happy Ending。

作为综合艺术,电影跟美术、文学、话剧多少都有些关联,那么,作为电影导演,与同样作为创作者的小说家、诗人、画家等,有哪些不同呢?

不同点就是导演要说很多话。自古以来有不少聋哑小说家、诗人和画家,但很难想象电影导演是聋哑人。

在制作电影的整个过程中,你个人最喜欢的是什么时候?

肯定是拍摄现场。在 Action 和 Cut 之间,当整个宇宙都集中在演员脸上的那一瞬间,关乎包括我在内的在场所有人的生与死。

感觉自己和这个世界格格不入的瞬间是什么时候?您是如何克服的呢?

在没有电影拍的时候,为了生计我不得不出演各个电视台的节目。我曾经是向韩国媒体投稿最多,出演电视台节目最多的评论家。尤其是像鹦鹉学舌一样照本宣科地读节目作者已写好的台词时,感觉如同噩梦。那个时候，我一回到家就会疯狂地写剧本，好忘掉这场噩梦。

你认为好莱坞、欧洲或者其他地方，与在韩国拍电影最大的不同在哪里？

工作时必须用韩语这点吧。也就是说，大多时候不是用宾语来做结尾，而是用为数不多的终结词尾[1]来结束一句话。

如果有一位常带给您灵感的艺术家，那会是谁？

从大学新生时期开始，就是约翰·塞巴斯蒂安·巴赫和威廉·莎士比亚。前者在严酷的环境中寻找自由，后者与命运对决，与人类的懦弱斗争，展现人类的伟大。但是最近，五十岚三喜夫的《暖暖日记》中提到的哲学问题经常会让我感到难堪，汗流不止。

如果为自己写墓志铭的话？

他一生共执导了 69 部长篇电影和 35 部短篇电影，并为 48 部影

---

1. 欧美工作场合通用语是英语，英语在语法上有着明确的主谓宾结构。但韩语不同，韩语属于黏着语，句子的语法关系通过附着在字后面的附加成分（词尾）表现出来，这种附加成分是不能独立存在的。所以作者有此一说。

片提供了脚本，他是一位不太自私的电影导演，如今在这里长眠。

您认为电影的未来会怎样？

一边是手举数码摄像机的十字头年轻人的世界，一边是在好莱坞，人们收起了导演椅，制作人、编剧、摄影导演、演员、编辑等聚集在一起制作属于自己的电影。

在 *KINO* 创刊六周年之际，作为豪华版设立了"*KINO* 最爱的电影导演 201 名 +@"专栏。当时我刚刚结束《共同警备区》的工作，还不是特别知名的导演，所以仅以一问一答的形式出现在附录中，即"Plus Alpha"之一而已。在收到这本精美的书籍时，我立即和同事们的答案做了比较，然后忍不住微笑的记忆仍历历在目。

Park Chan-W

Montage

ok's

2

出道记

我成家了，却难以承担一日三餐，于是辞去了助理导演的职务，安心地做起了拿月薪的公司职员。那是一家进口廉价外国电影，然后贴点钱转卖的小公司，我尽力使影片在韩国上映。为了保住这个饭碗，我身兼多职，时而翻译字幕、时而制作报道材料、时而拜访影院经理、时而做海报设计、时而编广告词。我很想把那段经历比喻成贫穷的诗人为了糊口身兼出版社编辑的情况，但也心知肚明根本不是一回事。因为诗人下班后还可以写一下诗，可我下班后是绝对拍不了电影的。

攒了一点钱，跟大企业搭建人脉关系的一位社长鼓动我一起制片。在韩国电影和稀泥的 1991 年，未满三十岁，仅经手过两部电影的区区助理导演就这样升级成为导演，简直就是笑掉牙的事情。我不得已找早前出道的前辈咨询："在恶劣的条件下出道好呢，还是等待时机好呢？"前辈说："当你拿着剧本到处找人投拍时，就算再怎么失败，导演和导演预备生，在待遇上是完全不同的。"

用现在的话来说：那是一部超低预算的短篇电影，我也不能启用我喜欢的演员崔宰诚，因为投资商建议让当时被禁止出演电视节

从左至右：
《月亮是太阳的梦想》（1992年）、《三人组》（1997年）、《审判》（1999年）、《共同警备区》（2000年）

目的歌手李承哲来演。他认为，如果李承哲在电影中露面的话，那么就会有很多十几岁的女孩子来看电影。李承哲向来都很忙碌，在首次拍摄前几天才见了第一面。我还记得当时承哲先生说的第一句话："电影的情节是什么？"

　　《月亮是太阳的梦想》，这好像是胡安·米罗还是保罗·克利，反正就是一位画家的箴言。如果说出道作品给我最深刻的一个教训是什么，那就是以后不能再取这种摸不着头脑、非常虚的电影名。这也就是此后《三人组》《共同警备区》《我要复仇》时我谨遵的一条规矩。

　　虽然电影的票房和评价都不好，但我仍然记得当时活跃在影坛的几位助理导演拥过来表示赞赏的画面。那时我心里非常感动，也在心里默默祝福这几位助理导演一切顺利。幸运的是，他们后来都成为代表韩国的知名导演，我一直坚信，当时我对他们的虔诚祝福定是起到了重要作用。

从左至右：
《我要复仇》（2002 年）、《六人视线：信不信由你，Chandra 的境况》（2002 年）、《老男孩》（2003
年）、《三更 2：割爱》（2004 年）

　　不管怎样，真正开始投入拍摄工作之后，李承哲先生也竭尽
全力地配合拍摄，非常敬业。在那之后，我和制作团队再次合作了
《我要复仇》。

　　"后来成为韩国知名导演"的人是指李铉升、金成洙、吕钧东导演。

金子小姐的Begins

"复仇三部曲"的创想是怎么来的

　　写这篇文章，旨在回答韩国乃至全世界数十个国家的数百位记者、评论家在采访过程中不断重复的问题。我希望下次当我再次被问及同样的问题时，就可以简单地回答说："请参考某年某月某日的×××报纸。"如下方法也值得一试。1. 复印登载这篇文章的报纸（包括各国语言的翻译版本）。2. 在接受采访之前发放。3. 真诚回答更加鲜活的问题。不过，提前发放准备好的答案会不会使趣味性大打折扣呢？要不等到采访过程中被问及这个问题时，再迅速拿出复印件递到对方面前？

　　这个问题是这样的："'复仇三部曲'的创想是怎么来的？"

　　正如世界上所有的导演一样，我在决定下一部作品时，最先确定的就是与最近的作品之间是否存在相关性。怎样与之前的电影相衔接，同时又与那部电影有所区别。

　　让我们一起看一下它们之间的相关性吧。三部曲中的第一部《我要复仇》，是出于我的抱负。我想继以朝鲜半岛分裂问题为题材的《共同警备区》之后，再拍摄一部讲述韩国国内阶级问题的电影，从而依次思考支配韩国人意识的两大社会问题。总而言之，《我要复仇》和《老男孩》是姊妹篇，信不信由你。世界上恐怕再难找到如此截然不同的两部片子，它们是相互依存的姊妹。就算不相像，它们也是姊妹。

《老男孩》的选择标准不用问，当然是崔岷植。在韩国电影表演史上，我与将被永远铭记的两位男演员中的一位已经合作过两次了，所以何时跟另外一位邂逅自然就成了我最大的关注点。我想换任何一位导演都会这么想。当时，我还没读完原著漫画，只听制片人说很有可能崔岷植会被选中，于是我毫不犹豫地抓住了这个机会。这样一来，我就可以继金知云、宋能汉、姜帝圭之后，进入"韩国最有福气的导演俱乐部"了。这两部电影是全然为这两位当代最伟大的演员而存在的，在此意义上，无论人们信不信，这两部作品都是肝胆相照的姊妹篇。宋康昊和崔岷植就像该隐和亚伯一样，不是兄弟胜似兄弟。

《我要复仇》和《老男孩》的拍摄过程很愉快，而且其中一部的票房成绩非常好。事后我才在无意中发现，自己居然不经意间连续拍了两部复仇片。可当我深入其中，又发现这两部作品中充斥着愤怒、憎恶和暴力，连我的灵魂都变成了荒地。虽然我很想说，自那以后我放弃了愤怒、憎恨、暴力的场面，但事实并非如此，我暗自决心下次要导更优雅的愤怒、更高雅的憎恶，以及更细腻的暴力。总之，我想呈现的是，从某种角度看，是一种赎罪行为的复仇，以及渴望灵魂得到救赎的人复仇的戏。《亲切的金子》就这样诞生了。

我认为后一部作品一定要有别于前一部，《共同警备区》中既有枪战场面，也有巨大布景，登场人物很多，结构也很复杂，是一部比其他电影更加感性的电影。所以《我要复仇》要拍成一部单纯、安静、单调的影片，一句话就是追求简约。为了减少台词，干脆把两位主人公中的一位设定为哑巴。后来我又厌烦了这种设定，所以《老男孩》就拍成了那个样子。从"小电影"一跃成为"大电影"，这需要对美学的过度追求。既然不是通过宋康昊而是通过崔岷植体现的电影，那就要从"冰冻三尺的电影"变成"火花绽放的电影"。

但是，很快我发现了一个致命的弱点，那就是女主角的问题。自出道以来，我的电影一直都是二男一女的搭配。我承认，在两个男人的对峙中，女人的内心世界确实描绘得不够。特别是在《老男孩》中，女主人公在未得知真相的情况下就从电影中退场。虽然我努力修改过剧本，但还是徒劳无功。我切实地感受到了自身能力的局限性。我一边放下手中的笔，一边独自思量："下一部电影的主人公一定得是女人！""让女主人公干吗呢？""一般女主人公在电影里能做的事情无非就是教训男人。""狠狠地？""狠狠地！""那么那个女人为什么要教训那个男人呢？""女人不会主动伤害别人，肯定是因为对方犯错在先才会如此。""对方先犯错？所以就是复仇了？""对啊！""又是复仇？""那又怎样？干脆叫'复仇三部曲'得了？""那么哪位女演员可以出演这个可怕的角色呢？""嗯……就是啊……谁来演呢？"

《亲切的金子》就是这样诞生的。

《亲切的金子》上映前夕，某报社编辑问我："你是做采访，还是写文章？"于是，我写下了以上文字。

采访

"这部电影的台词为什么这么少？"

"因为上部电影上映时，我接受了太多的采访。"

事实上，《我要复仇》的剧本早在《共同警备区》之前就在写。如今想来，在众多剧本中偏偏选择了这一部，很可能是之前接受太多采访而留下的采访综合征所致。正因为如此，我在反复推敲的过程中，连为数不多的几句台词也去掉了。有些人说这部电影的真正魅力就是台词少，但这等表扬真不是我应得的，这要归功于当年让我费尽口舌的记者老师们。

比如，像柏林电影节，从智利到丹麦，能够见到来自无数个国家的众多记者。每天要面对三十名记者，感觉自己都快成自动点唱机了。记者犹如投下一枚硬币后按下曲目选择按钮般抛出提问："真的是在板门店拍摄的吗？"然后我就像背诵预先输入好的答案一样回答："哦……我的记者先生，如果真能在板门店拍摄，那又何必拍这种电影呢？啊，难道您不这么认为吗？"

然后再说拍照。最近，韩国平面媒体的版面设计越发华丽，电影导演们也纷纷被商品化，以前那种端坐着拍摄的场面几乎消失无踪。即使是风格文雅的日刊，也要求导演们做出在路灯下边抽烟边冥思苦想的样子。因为不听话的演员或工作人员，吃过一两次苦头的导演们，自然会乖乖地按照命令行事。所以我也曾将手举向天空，用手指着远方，露出灿烂的笑容。

但真正让我感到痛苦的还是语言。记者们从来不会这么问："将《我要复仇》中的诱拐犯设定成听觉障碍者的理由是什么？"他们一定会问："将《我要复仇》中的诱拐犯设定成听觉障碍的人，是不是为了表现他与世隔绝，乃至某种根源性的不可沟通？"这让我感到很痛苦。这话说得倒没有什么错，只是我不喜欢艺术的魔法被这种话语概念化。而且，申河均那惟妙惟肖的听觉障碍演技，并非用这么一句话就能概括得了的。不过，既然不能说这句话错了，那我只能含糊其词地回答："啊……对……是的。"不承想三天后，无论报纸还是杂志都刊登了这样的文章。

记者：《我要复仇》中诱拐犯的角色被设定为听觉障碍者的理由是什么？

导演：象征性地表现了与世界隔绝，以及根源性的不可沟通。

千篇一律的表现手法、老套的概念、陈腐的解释！记者或评论家们的分析之所以让人感到既有情趣又有收获，正是因为那是充满个性的鲜活的观点。但是导演自己讲出来的所谓"导演意图"，给人以权威解释之感，所以毫无趣味可言。就像在多姿多彩的广阔平原上，把你带到一个角落，然后圈个小地方对你说"只能在这里玩"

一样无趣。

　　啊，被迫说出很多话之后开始厌恶话语的男人，那个人就是我。没想到因为腻味话语而制作的寡言电影，也同样掀起了波澜。我心里也很清楚，这不能怪记者。如果面对相同情况的是我，恐怕也同样感到无奈。没有别的办法，正如《我要复仇》中的主人公那样，记者和导演都觉得很委屈。这只是语言的恶循环，语言的复仇而已。

　　有些人也许会说："如果真不喜欢，不做不就行了吗？"这话没错，但这很难实现。第一，我们很难拒绝宣传的机会，因为得看投资人的脸色。第二，如果只接受一家采访，其他媒体又该说"还挑人怎么的？这不明摆着无视我们这里吗？"第三，记者们背地里会说："以为自己是隐士斯坦利·库布里克呀！以为摆谱就能变优雅啊！"看，就怕变成这样。

　　如今我从另一个角度看这个问题，说实话，我很感激这一切。回想起来，我刚出道时，从未接受过任何一次媒体采访，因为根本没有人关注我。当时不知有多失落。所以说现在真的很知足。

七嘴八舌

电影是怎么制作的

1 月 25 日 [1]

因为电影《被破坏的男人》的事，我跟朴赞郁导演见面。这是斗娜与导演的初次见面。他比照片里看起来个子更矮一些，肚子更大一些。我心里踏实了许多。我拉开椅子在女儿身边坐下来。跟第一次见面的男人谈论采取什么体位、裸露哪个身体部位等内容，不知有多尴尬。但是又有什么办法，反正这是迟早要说清楚的事情。

——金华英（裴斗娜的母亲）

1 月 28 日

据说河均一收到《被破坏的男人》的剧本就马上读完，并且答复会出演。好家伙，你竟然毫不犹豫地选择了那么奇怪的电影！不管怎样，我总算能脱身了。我得救了。

——宋康昊（演员）

1.《我要复仇》的拍摄日期为 2001 年 8 月 14 日—2001 年 11 月 29 日。
  韩国上映日期为 2002 年 3 月 28 日。

5 月 11 日

总算成功了！也就是说，我接到了来自宋康昊同意出演的回复。四天前，当我告知导演我又给他寄去了剧本时，导演讽刺我说："你还有没有自尊心啊？"当时我回了他一句："谁知道呢？说不定宋康昊看完修订后的剧本会马上改变主意呢。"这下应验了吧，朴赞郁那个家伙根本不了解人生这回事。

——李载顺（制片人）

6 月 4 日

电影的主舞台——Ryu 的故乡被定在了全罗道淳昌。最近几个月，制作组和导演组分成了江原道队、全罗道和庆尚道队，兵分两路走遍了全国的每一个角落。一开始，满以为江原道队更有优势，但最后全罗道和庆尚道队反败为胜。因为导演那个人啊，比起华丽丽的美景，更偏向于平凡而朴素的风景。

——李彦旭（制作部长）

6 月 21 日

和朴赞郁一同修改了新剧本。虽然说是微型电影，但在影片中解释性的场面实在太多了，于是我一口气删掉了 20 场戏，结果遭到他的强烈反对。他对我的作品从不手软，轮到自己就不干了。如果我就此妥协，又怕他会偷偷改回来，于是干脆涂黑之后果断删除了。他说将电影的名字改为《我要复仇》，我同意了。

——李武英（共同编剧）

7 月 15 日

某某公寓交涉失败。刚开始自治会的态度还挺友好的，结果李在容导演的作品《情事》在电视上播出后，突然来了个 180 度大转变。他们说这个作品把公寓拍得过于寒酸，在节目播出后，当时给予拍摄许可的自治会会长都引咎辞职了。看来一切只能重来，导演备受打击，这可怎么办啊……

——孙在勋（制作室室长）

8 月 13 日

从第一场拍摄开始就不是闹着玩的。波提谷站，我把长长的扶梯旁边的 60 个荧光灯全部换了一轮。站务员就知道说我，老说栏杆要塌了，让我赶紧停下来。这一段说什么也不能没有，否则……

——权明焕（灯光组）

8 月 14 日

初次拍摄的戏份已经确认，但扶梯远景怎么看怎么多余。虽然照明组为此吃了不少苦头，但也只能对不住了。

——朴赞郁（导演）

8 月 17 日

终究还是出事了。拍摄时最害怕的就是出人命事故，我的天哪，奔驰着的汽车引擎罩突然打开了，还是在高速公路上。我赶紧跑到医院去看了一下，还好没什么大碍。刚松一口气，助理导演的一句话瞬间让我陷入了绝望："社长……我们现在开始拍摄了吗？""什么？！"旁边的导演组成员火上浇油。"哎呀，别提了！刚才我告诉她已经跟她老公联系了，结果她还问我，自己什么时候嫁人了……"医生说交通事故会造成短时间的失忆，但我全然听不进去。主啊，请多多保佑李再顺艺术总监、吴在元美术导演、安胜贤美术设计，特别是李晓英助理导演吧！

——殷振奎（制作人）

8 月 17 日

李导演的车停在了烈日下，感觉车里会很热，于是改坐李总监的车，没想到遭遇了交通事故。看着失忆的晓英，心里不禁念叨"真是不幸中的万幸啊"！

——朴赞郁（导演）

8 月 18 日

晓英的记忆正在恢复中。现在终于不会对护士说，赶紧赶走那位陌生的大叔了。

——刘洪山（助理导演李晓英的老公）

8 月 19 日

拍摄公务员公寓露台的时候，导演说希望能在背景里看到远处学校操场上沐浴在灰尘中踢球的人们。为了满足导演组的请求，我简直累成了狗。我一边抱怨经纪人凭什么还要做这样的事情，一边上楼，结果听到从我身边走过的摄影组的人聊天："镜头里一点儿都看不到，干吗费这功夫……"

——金亚莱（申河均经纪人）

8 月 20 日

今天拍宝贝在车上的哭戏。这么小的年龄怎么可能将哭戏收放自如，看到助理变着法儿地折腾人家，这对有好莱坞工作经历的我而言，简直就是一种文化冲击。助理要么大声吓唬她，要么在镜头外面使劲掐，还威胁说不好好演就弄死她。这要是在好莱坞，他肯定会被当场开除。韩国人真是一群疯子。但更让人感到不可思议的是宝贝。拍摄结束后，我替助理跟她道歉，结果宝贝笑着对我说："我知道你们是为了让我哭出来故意这么做的，对吧？"我的上帝啊！

——金炳日（摄影导演）

8 月 22 日

今天秉宪哥哥到现场来玩儿了。导演开玩笑说是为了我专门请来的，总而言之，让我高兴坏了。平日里经常听到男同事们说我厚脸皮，可不知为什么一站在哥哥面前连话都说不清楚了。真想回到一起拍摄《共同警备区》的时候啊，几乎每天都能摸到哥哥的脸……

——金贤正（化妆组）

8 月 25 日

满以为告别了闷在昏暗的房子里做助手的日子，到现场工作会很开心，结果……用心剪辑了金湖站的出口场景，连饭都顾不上吃了。甚至把导演未能拍出的镜头，也用巧妙的手法剪辑好了。坦白地说，我以为自己会听到哪怕一句称赞的话。可是导演只是瞟了一眼就转身走了，临走前对我说："你怎么就不知道我的想法呢？没看分镜头吗？"

——郭镇安（现场剪辑）

9月2日

波拉梅公园被设定为解剖室外的草地，当天的拍摄场景是宋康昊在抽泣，崔班长小心靠近的场面。但等我到现场去看时，一边是敬老宴会，一边是促销活动，远处还有街舞队正在练舞，现场充满了各种噪声。啊，简直要疯掉了。

——李承哲（音乐总监）

9月3日

正在拍摄解剖室场景的途中，发生了一阵骚乱。导演突然起身上前去把康昊哥外套上的商标撕了下来。明明事前请示过，导演却在现场耍赖。工作人员齐刷刷地盯着我看，丢死人了。我只好去处理商标被撕下来的痕迹，委屈得我眼泪直流。导演为什么就讨厌我呢？

——申胜熙（服装组）

9月9日

今天拍摄器官走私组织办公室的镜头。那位扮演被麻醉后即将被强奸的演员突然跑去拍色情录像了，拍摄被迫中止。正叹息的时候导演叫我过去，有种不好的预感。果不其然，导演建议用床单遮住身体，只露出胳膊腿，就能拍出裸戏镜头。"啊，好主意！……不过谁来做替身演员呢？"导演沉默地看着我，那表情别说多腻味了。我只好身穿无袖上衣和短裤，披着床单躺在床上，难得睡了一觉。

——金娜星（脚本组）

9 月 13 日

今天去朴导演的拍摄现场玩去了。正在拍摄裴斗娜对申河均拳打脚踢的场面，无论是导演还是演员都婆婆妈妈的，我都看不下去了，于是毛遂自荐。得到允许后，给演员指导了一些动作。本来以为可以获得掌声，当我慢慢地转过身时，却看到所有工作人员都挽着胳膊默默地站着不动！有个导演组成员甚至还跟同事耳语："这算什么啊？"唉，看来打戏之路真是既漫长又凶险啊！朴导演任我发挥，大概是因为亲自执导很不耐烦吧。听说最后一个场面要用非常复杂的镜头和精彩的剪辑手法来制作，可这副样子，怎么可能拍得出来……真让人担心。

——柳承莞（友情出演、电影导演）

9 月 15 日

弄好斗娜房间的灯光后我就出去玩了，因为不允许男性工作人员在拍摄现场，所以我在外面踢了一整天的球。真希望每天都拍床戏。

——文亨俊（助理照明）

9 月 18 日

今天拍摄斗娜受电刑的场面。为了更好地通电，我要在斗娜

耳朵里沾口水，结果斗娜拼了命地挣扎，闹得天翻地覆。有时可能实在无法忍耐，摄影机明明还在转着呢，斗娜还高声大喊："等一下！"也许是咬牙切齿的缘故，斗娜连发音都不清楚了。当然，导演是不会停下拍摄的，说不定还会剪辑进去，因为那才真实。可是我感到非常不愉快，斗娜真的那么讨厌我用舌头舔她的耳朵吗？越想越生气，那个……

——宋康昊（演员）

9月19日

感觉到自己慢慢在靠近他。

——裴斗娜（演员）

9月19日

这一天终于到来了，要拍摄受到电击后昏倒的我遭受康昊哥殴打的场面。无论是用长镜头／全景做分镜头处理的无知导演，还是跟我说自己不会手下留情，所以让我忍一忍的康昊哥，都是毫无人情

味的家伙！我又不是孩子，打戏自然不在话下。但是！我是说但是，只能这样默默躺着单方面被殴打是不是太过分了！最重要的是拍摄时需要闭上眼睛。说起来真正可怕的并不是挨打的时候，而是等待不知何时从何处飞来的拳脚的那一刻，那种沉默不语的黑暗真是瞬间让人窒息。而且那位名叫宋康昊的名演员以临场发挥著名，排练时、实际拍摄时，甚至每一次重拍都会不一样。这也不是我能预料的……真的要崩溃了。

——申河均（演员）

9 月 20 日

预告片海报拍摄取消了。在摄影棚看到河均的脸时，我差点儿没昏过去。整个脸布满瘀青，到处都是撕破皮的伤口，真的是一团糟。后来我才知道是昨天拍摄宋康昊殴打他的场面造成的。拍电影固然好，但怎么也不能把孩子打成这样啊……

——李在龙（海报摄影师）

10 月 9 日

终于拍完了暴雨镜头。起初导演说镜头太宽，人造雨景不够用，要等下雨天再拍摄。当时还半信半疑，这可行吗？没想到真拍完了。当然大家都很开心，但对我来说，今天是最糟糕的一天。正当全身湿淋淋地到处跑来跑去时，摄影组金师傅突然把我叫过去了，他指了指一个地方，让我把那个地方的东西拾掇一下。回头一看，金师傅指的地方，原来是……居然是……啊啊！……是一堆屎。这里是首尔最后一个大规模的贫民窟，由于很多房子都没有卫生间，所以几乎每个胡同里都有孩子们的粪便。又不会进镜头，只是因为导演不小心踩了一脚，所以要求清理干净……我在家里也是备受疼爱的孩子，还是上了四年大学的人呢……啊啊！成为导演之路为何如此艰难！我，还是咬紧牙关，收拾干净了。

——韩长赫（导演组）

10 月 15 日

在淳昌拍摄的第五天。正在吃早饭时，宝物食堂的大妈突然闯进来了，吵着要我支付 60 人份的伙食费，弄得现场一片混乱。因为大伙儿都说不想再吃宝物食堂的饭菜了，所以将订饭的餐厅改成了中央食堂，从而埋下了祸根。今天根本没有在宝物食堂订早餐，她却擅自做主摆好早餐，然后跑到这里大吵大闹，一副耍赖的模样。三十六计走为上，没想到大妈带一帮戴皮手套的壮汉拥进了现场，还叫工作人员赶快把我交出来，我躲进了巴士……好可怕……我想活下去……

——蔡华实（制作部）

10 月 16 日

今天是我人生中第一次参加运动会。果然，爸爸还是没有来，因为他去拍摄现场了。可敏俊的爸爸（郭庆泰导演）来了呢……校长、老师还给爸爸写了一封信，让他一定要来参加运动会，这么看，我爸爸是不是有些过分？我连小丑舞都没心情看了，我真的好羡慕敏俊，心里好难过，所以委屈地哭了一鼻子。回家后看了看《数码宝贝》，然后就睡了。

——朴○○（导演的女儿）

10 月 22 日

要把一个脑瘫患者演好是一件很辛苦的事情，导演还三番五次地让我泡在冰冷的水里，我腿都抽筋了，以为自己要挂了。但是，让我更加愤怒的是朴导演的态度，无论哪位演员，在 Take 结束后第一反应就是看导演的眼色，"这场戏能过吗？"或者"还得重来？"导演笑眯眯地看着我。"啊，看来通过了！"他走过来，拍着我的肩膀问："辛苦了，腿没事吗？"我激动地大喊："不要紧！"紧接着他对我说："是吗？好啊……那么，再来一次可以吗？"

——柳承范（演员、友情出演）

10 月 24 日

今天拍摄了我掉进水里淹死的场面。导演组的叔叔说尸体是不会一直眨眼睛的，但是河水真的是太冷了，我情不自禁地要打寒战。看热闹的人群中有一人冲我喊了一声："你能不能好好演？"我气得怼了他一句："你来演一个看看！"正植哥哥说，要想成为像斗娜姐姐那样的实力派演员，这种程度得忍一忍，于是我咬牙忍住了。

——韩宝贝（儿童演员）

11 月 4 日

在盆唐拍摄。时隔几天再次来到这里拍摄，突然间多了一扇大门。导演组说得把大门拆了，否则镜头没法连起来。但是制作组说怎么可以把人家的大门随便拆掉？最终跟房主协调好了，先拆掉，拍完再给人家安装好。问题又来了，该怎么拆呢？最后还是我去拆的。真不知道这部电影要是没了我还能不能拍得下去。

——鲁胜熙（摇臂摄像）

11 月 6 日

现在正在盆唐拍摄康昊哥家里的场面。房子前面的马路因为换季，已经没有夏天的感觉了。别的还好说，可是大门前的那棵银杏树让人很头疼，因为树上的叶子已经掉了很多，实在没有办法，我们只好去商店买来很多塑料银杏叶，一点一点贴在树枝上。这场倒

是应付过去了，但剩下的戏该怎么办呢？李武英夫妇来现场探班了，听说他们家就在附近。

——郑实（导演组）

11 月 9 日

在利川拍摄废旧建筑时导演又变卦了，他突然创造了一个剧本中没有的场面，让我们马上去拍摄。就是申河均脱光衣服搭顺风车的场面。太阳已经快下山了，这个时候要拍连拍摄地点都没着落的街头戏谈何容易？那也没办法，我们只能无可奈何地出发了。没有照明、没有同步录音，就连导演组和制作组都没有赶到现场的情况下，我们架好摄像机，申河均在没有彩排的情况下就脱光衣服拍了两场戏，整个过程仅耗时 30 分钟。因为太阳基本已落山了，所以很难拍出裸露的状态，何况连反射板也没有，只能借助笔记本大小的灰卡完成了拍摄。这又不是什么学生的短篇电影，不知道这么拍行不行？

——奇世勋（摄影组）

11 月 13 日

再次来到淳昌，简直就像是一场噩梦。早上等到雾气散尽已经 11 点了，而下午 4 点半太阳就会落山，也就是说，除了吃饭时间之外，每天只有不到五个小时可以拍摄。不时还下雨，动不动就晴转

阴……可拍摄任务这么多，真不知道该怎么办。没办法，只好大幅减少"要以很复杂的摄影技术和非常华丽的编辑风格拍摄的最后一场动作戏"。看完效果后我心想："我干吗不早点这么做呢？"

——朴赞郁（导演）

11 月 14 日

重新回到淳昌，这次拍摄简直就像做梦一样。早上等到雾气散尽已经 11 点了，而下午 4 点半太阳就会落山，也就是说，除了吃饭时间之外，每天只有不到五个小时可以拍摄。也就是说每天下午 5 点就得收摊儿，然后就去餐厅喝酒，感觉已经喝了不短的时间，但一看表才晚上 10 点左右。第二天也没必要早起，于是尽情聊天、尽兴玩乐。如果每天的拍摄都能这样就好了。

——宋秀仁（美术组）

11 月 15 日

记者蜂拥而至，他们竟然来到全罗北道淳昌郡，这热情也没谁了。以往都没有看热闹的人，就我们自己悠闲地拍摄，这下突然变得热闹了，我都有点儿无法适应。甚至有一个女记者未经允许就坐到了头儿的椅子上，然后随便翻抽屉，拿出一包饼干就吃掉了。那可不是一般的饼干啊！那饼干是我看着制作组人员的眼色偷偷藏起来的巧克力派，冒着被其他工作人员骂的风险好不容易存下来的鱿鱼花生，就算自己再馋，也为了讨好头儿硬是忍住的小香豆啊……

——李恩珠（同期录音组）

11 月 16 日

因为我是户外摄影，所以比较闲，于是我准备了"守护天使"游戏。把所有的演员、工作人员的名字写在一张纸条上，然后放入坛子里，晃一晃之后每个人挑选一张，挑到谁了就要善待那个人。当然，不能让对方知道你是他的守护天使。大家都很开心，所以作为推进会委员长，我感到责任重大。

——安胜贤（美术组）

11 月 21 日

大家一有空就讨论自己的守护天使，说给自己发了什么样的短信，又给自己带了什么礼物，全都是守护天使那些事，现场笑声不断。我每晚也会给康昊哥哥发短信。今天发的是："祝你好梦！你的守护天使。"不知我的守护者究竟是谁，好好奇啊。

——权秀晶（化妆组）

11 月 27 日

终于拉开了"守护天使之夜"的帷幕，推进会委员长的表现非常出色。耗时几日，一一采访了所有的演员和助理，然后用编辑器进行了现场编辑。我们还租了一家咖啡厅，安装好大屏幕，准备了很多美食。采访的内容就是每个人说出自己选到的人是谁，然后表扬自己的天使，并讲述电影拍摄期间的感想。按照抓阄顺序挨个公开，每次公开这段时间令人好奇的守护天使名单时，现场就会被笑声淹没。这是我一生中笑得最多的一个半小时。如果两个人碰巧选中了对方，那么这两个人就是守护天使情侣，组委会将赠送 5 万韩元的约会费用，没想到是道具组的石浩哥和我当选了。大伙儿起哄说要深情地亲对方才能领到奖金，我们只好照办了。

——金阳秀（摄影组）

11 月 29 日

真是非常漫长的最后一天，也是《我要复仇》杀青的日子。19岁的我平生第一次参与的电影摄制组，如今也要跟大家说拜拜了。和演员、剧组的哥哥姐姐们一起拍照留念，然后乘车回家的路上我差点儿掉眼泪。老天好像知道我的心思一样下起了雨，开机的那天也是如此。忠武路有一个传说，就是说如果在开机或杀青那天下雨的话，票房就会很好，我们两个都赶上了，那票房应该翻倍吧。大伙儿纷纷祝福导演，导演说那只不过是下雨天不能拍摄，所以用来宽慰自己的。不管怎样，还是希望人们多多支持《我要复仇》。怎么说，也是我的第一部作品……

——金宝妍（服装组）

1月8日

宝物食堂的大妈又来电话了。每天都是，真的要疯了。今天她说，自己的大伯子是出入青瓦台的记者，要跟他说这件事，好把我们电影公司砸了。

——蔡华实（制作组）

2月26日

为了《我要复仇》的音效，我连日熬夜。导演说，这部影片在画面外发生了很多事情，因此要把那些通通用声音呈现出来。听起来是不错，但是，这句话的意思就是让我们吃点苦头。

——金昌燮（音效组）

2月29日

我虽然早有预感，但真的知道真相时着实气得不行。照明组的某某某和美术组的某某某，导演组的某某某和同期录音组的某某某，《我要复仇》剧组在拍摄现场诞生了两对情侣……

啊！在现场对我唯唯诺诺的，就怕和我对上眼神的男工作人员，犹如走马灯似的在我脑海中掠过。他们说，被我逮着"就死定了"。我是比你们上了点年纪，那也不能这般歧视"老人"吧！下一部作品是《YMCA棒球队》，我想我应该更加奋发努力才行。因为到时候会来很多棒球队，所以应该能充分确保男性人数。就算只有五支球队，也足足有 45 个家伙呢。光想想都让我兴奋。

——宋胜熙（化妆组组长）

3 月 1 日

去盆唐武英家串门，然后出来吃饭的路上，刚好路过了我们曾经拍戏的地方，张水勇（李武英的妻子）一边叹气，一边说了句蛮诗意的话："看来真的是春天了啊……看看那棵银杏树，都长新叶了……"

我喃喃道："是啊……"

——朴赞郁（导演）

每出一部电影，*Cine 21* 就一定让我写这种形式的文章。正当忙着做后期的时候，总会提出制作日记的请求，所以导演们不知有多发愁。当年一起工作过的年轻小助理们，如今都是响当当的人物了。当时虽然有些痛苦，但幸亏留下了这些文字。

六个名场面

对有瑕疵的场面进行小规模的评论

♯1 出现了恐怖分子，过于突然，以至于像是一种冥冥中的安排。暴晒的日光和荒凉的风景，偶尔刮来的满天风沙，这一切以不稳定的构图出现在观众的视野中。通过声效可以猜到一帮人到达，下一瞬间就已经是抽着烟的大叔们的样子了。慢慢走过去，是空空如也的画面，紧接着画面中又出现了一个大叔。第一个画外音是打击声。被同事突如其来的攻击惊吓到的大叔，一副慌张的样子。看着稀里糊涂被割破的自己，东进惊叹于命运的戏弄。再一次按顺序走出镜头。

♯2 地狱般的熔炉里的火焰与被泼到地面上的脏水形成了鲜明的对比。大家都戴着耳塞，只有 Ryu 不需要，因为他是听觉障碍者。一张与世隔绝、面无表情的脸。一个被孤立的汉子，大家都去休息时他却一个人继续工作着。观众们可以听到震耳欲聋的噪声，特别是机器的轰鸣声和从中倾倒出来的金属声，还有那在镜头中被掩盖的绿色假花。一个被边缘化的劳动者形象，令人感到厌倦的重复性劳动的非人性待遇，依靠最简单的镜头——固定摄像机拍摄出全景/远景的宽银幕电影，从而使镜头中的人物显得格外渺小，并以重复的镜头变换强调了这份感觉。

♯3 与死去的女儿见面。照片里的女儿突然消失，随后就出现在房间里。 因为是溺死的，所以她全身都湿透了。在东进抱着她时，她用双腿环住了父亲的腰，那个时候东进的感受会是怎样的呢？如果是以前，一定是心里充满了爱意，而如今却打着寒战，被冷冰冰与潮湿的感觉包围，抑或对被孩子的死亡所绑架的自己产生了恻隐之心。孩子后悔不已地说："早点学游泳就好了。"那句话天真得让人发笑，可笑得令人感到悲伤。但是这小小的身影却是这部影片中最大的受害者，同时也是唯一不怨天尤人的人物。

♯4 东进拷问英美。 因为是电工出身，所以充分利用了这一点。在这里用电击的理由很简单，因为可以不用接触到对方。对于非常业余的拷问者和杀人凶手东进而言，这无疑是莫大的安慰。不过有些触碰是避免不了的，因为在连接电极之前，需要把皮肤弄湿一些。看着被羞辱感折磨的英美，那俨然是精神强奸。在这场长长的戏里，东进不断地在彻头彻尾的恶魔和背负着罪恶感的犯人之间摇摆。而英美看起来既可怜又滑稽，两个字，就是"怪胎"。

♯5 两个男人终于站在了一起。 可能因为水冷得刺骨，也可能因为害怕，Ryu 的身体一直在发抖。起初东进还像个犯了罪的人一样露

出抱歉的神情。难道他要救这个不共戴天的仇人？在给他松绑的时候
也是如此，他说："我知道你是个善良的家伙，所以……"直到这时，
似乎还弥漫着要原谅 Ryu 的氛围。但是当他说出"……你应该能理解
我想杀了你的心情吧？嗯？是不是？"的时候……哪有这种说法，难
不成要向自己要杀的人请求同意，明明应该用"但是"的地方居然用了
"所以"这样的连词。无情的极限全景和激烈的特写镜头交替。

**♯6 单枪匹马的 Ryu 在闯进去的瞬间就制伏了三个人，因为他天
不怕地不怕。**他是已经没有什么可失去的劳动者，这种绝望赋予了他
深入骨髓的无情。在被腐败的绿色所笼罩的如地狱般的空间里，Ryu
以平静的面孔默默地处理事情。喷涌出来的血液呈现出长时间被压抑
的愤怒和憎恶情绪。而干冰和血水则呈现出冷静外表与激荡内心之间
的冲突。Ryu 像在工厂里时单纯的重复劳动者一样不停捶打的样子，
让我看到了，人为了得到救赎，以更大的罪恶作为代价的愚蠢行径。

还让我选出"最喜欢的经典场面 Best 6"，这些媒体真会折腾
人。我以制作 DVD 时做幕后配音的心情写了出来。没有看过电影，
只看到这段文字的人，也许会以为这是一部多么了不起的电影。其
实写这篇文章的初衷就在于此。

极少的表现，极大的效果

电影和语言

只要不是无声电影，电影中无论如何也会出现一些对话，一句话都没有的电影只是偶尔出现。例如，拉塞尔·劳斯于 1952 年执导的作品《贼》和吕克·贝松于 1983 年执导的处女作《最后决战》中，效果音也有，音乐也有，就是没有对白。片中人物并非哑巴，而是在孤立无援的情况下，没有必要让他们说任何话。导演们为了凸显这一特点，连一句对白都没放进去。自 1927 年上映的《爵士歌王》以来，已经熟悉了电影语言（即使是在无声时代，音乐也是存在的）的观众，尤其是对于喜欢好莱坞电影中大量对白的人们来说，这无疑是一种酷刑，但正因为有这样的痛苦，他们至少能深切感受到主人公的心境。

虽然不及上面提到的两部电影那个程度，但 2002 年上映的《我要复仇》也是一部非常寡言的电影。这里有几个理由。第一个理由，就是主人公 Ryu 是一位聋哑人，因此，他完全沉默，需要有对话时，就用简单的手语进行表达。通常情况下，他只能默默地看对方说话，因此，被动是定义这个角色的首要因素。作为业余美术家，Ryu 具有潜在的表达欲望，但是因为无法用语言进行表达，所以极度被压抑的情绪，最终以暴力的形式爆发出来。将头发染成绿色，也同样是因为他失去了语言这个表达工具，不得已才借助这一看似行为艺术的方式来表达某种反叛。在影片中，一个不能说话的人物所呈现的东西，并非只局限在台词这个层面。

第二个理由，就是为了克服在韩国电影界泛滥成灾的说明过度夸张的现状。实际上，正是这个原因，Ryu 才会被设定为聋哑人。虽然这是种本末倒置的做法，但当时的商业电影模式确实让我感到忍无可忍。我相信，将世界上 90% 的商业电影的台词减少一半，也可以充分展现故事梗概，不仅可以，而且从艺术层面也能够变得更加优秀。但准确地说，在那些影片中，让我感到厌恶的并非单纯是对话多，而是好台词越多的电影，越想通过台词来传达电影的核心内容。在电影中，如果一个男人爱上了一个女人的话，用陷入爱情时特有的行动和表情就可以充分展现出这一点，而不用看着她说"我爱你"。

电影是一种媒介，除了对白，还有众多电影固有的表现形式。

首先，比如演员。他们并不是编剧的播放器，哪怕只是安静地坐在那里，演员也能通过自己的表情和肢体表达胜过千言万语的感情。东进在家里与重案组的班长见面的场景中，两人在一段时间内没有说一句话。只有东进用遥控器启动电动窗帘，或是发出咳嗽声这样的细小动作。但是包括坐姿在内，这一切行为很自然地流露出东进作为资本家的傲慢本性。

在电影的最后，东进被恐怖分子杀害的场面也是这样处理的。在近五分钟的时长里，观众没有听到一句对白，只能静静地看着凄惨的杀人场面。如果用对话来描述当时的情况和人物心理，台词恐怕得有数十行。特别是为了看清插在自己胸口上的恐怖组织判决书而挣扎的东进，比任何一部电影里的场面都要显得滑稽。由于宋康昊这种非常识性的高超演技，使得这场死亡不仅更加凄惨悲伤，同时还揭开了人生的荒谬。

其次，导演还可以使用影像、音响、音乐等道具。在《我要复仇》中，Ryu 和东进的房屋装饰很不同。Ryu 的房间狭小且杂乱，随处可见凌乱的廉价杂物。而东进的房间宽敞且空旷，由此我们可以

更清楚地看到两个人的内心世界。镜头默默地传达出资本家尽管物质生活非常丰富，但内心世界反而会更加贫穷。再看一下 Ryu 被工厂解雇的场面吧。当时，他从干部职员手中接过钢笔并按上手印，然后站起来走人。整个过程中没有一句台词。所有人都去吃午饭了，空荡荡的办公室里响起了布谷鸟的报时声，这个场景很好地描绘出独自一人留下来的劳动者 Ryu 的内心世界。

最后，和之前提到的两部外国电影一样，体现了人物的孤立感以及与世界的格格不入。电影里的所有人物，都未能跟他人建立健全的人际关系。电影中的两位男主人公如是，他们之间的关系更是如此。

东进在 Ryu 家里潜伏等 Ryu 时，一直默默地坐着。在东进家门前潜伏着的 Ryu 也是一样。两个空间交叉出现了三次。此时已经很好地向观众传达了两位主人公内心的憎恨和愤怒。各自在对方家潜伏的两人同时进行颈部运动，这说明两人尽管已反目成仇，但终将越来越像。可见，电影也是在通过剪辑手法讲述故事的。

那么，在《我要复仇》中那些少之又少的台词又是如何使用的呢？当然是秉承了"极少的表现、极大的效果"这一极简主义原则。最好的例子就是东进已死去的女儿变成幽灵来找爸爸的场面了。在整个片段中，台词就只有一句："爸爸，我早点学会游泳就好了……"虽然是很不现实的一个幻想，但这句充满童心的台词，充分表现了把自己的死亡单纯归为不会游泳这一点上的童真。这与 Ryu 和东进将自己的不幸归咎于他人，并渐渐陷入罪恶深渊形成鲜明对比，从而凸显了电影的主题。

此外，还有东进杀害 Ryu 之后接电话的场面。从电话里得知，彭司机的儿子最终死亡。因东进的解雇，彭司机和家人结伴自杀，之后东进在偶然之中救出了还剩一口气的彭司机的儿子，并将他送进了医院。当时东进意识到了与自己的本意毫不相干的潜在的资本家的本质。因为东进不想让所有员工都沦为失业者，所以他必须狠心解雇某些人，结果导致失业者一家人自杀。认识到在资本主义社会中的自我定位之后，满以为拯救一个少年就能缓解由此带来的痛苦。救活那个孩子是东进最后的希望，在杀死了 Ryu 和他的情人英美之后，这份希望依然有效。但是，就是那一通电话，让所有的希望顿时破灭。此时此刻，东进只说了一句："你打错电话了。"他否认了仅存的一线希望，并决定成为一个真正的"恶魔"。这种负面的决绝，在东进肢解被自己杀害的 Ryu 的尸体，并将其掩埋的那一瞬间达到顶峰。因此，这是一个可以用简单的一句话来形容的最可怕的结局。

在这部影片中，唯一的话痨就是英美。在强辩情人 Ryu 诱拐犯罪的正当性时，英美一个人说了整部电影一半的台词。不过，这些台词几乎有一半是没有意义的，因为只是在不断重复同样的话。但是为什么会这样呢？因为她本身也不相信这个行为的正当性。也就是说，她只是反复说着带有强迫性的话。一般这时候，与其说台词是表达什么内容，不如说是表达心理活动，此时说什么远没有怎么说来得更重要，这正是说话的风格。

类似的情况在英美身上出现过两次。在被东进拷问的场景中，昏迷状态的她一边呻吟一边不停嘟囔：如果自己被杀，你就会遭到可怕的报复。当然，这些大部分也是没有意义的，甚至毫无可信度。东进不信、刑警不信，连观众都不相信。虚而不实的话，只能拿来唬人。但是，当前来杀东进的那些恐怖分子的面孔出现在银幕中，并传来这句画外音时，没有人会怀疑其可能性。早知道就应该认真听……不过，这句台词也已经不重要了。既然已经听过一次了，还能重要到哪儿去呢？在这里，重要的是她的回归，可怕的不是内容，而是已死的女人的声音再现。在这一场景中，英美的话不再是台词，而是一种声音。语言应用的最极端例子就出现在影片结尾。身上挨刀的东进看着被自己杀掉的 Ryu 的尸体，莫名其妙地自言自语，像是一种抗议，也像是一种哀号，更像是在提问，总而言之，是听不清楚的稍有长度的垂死挣扎。那呻吟声犹如电影主题曲的配乐部分，一直响到片尾的演职员表结束为止。他的声音已经成了一种音效和音乐。不仅如此，尽管观众完全听不明白他在说什么，但那显然是这部影片中最重要的台词。

《我要复仇》是典型的冷血电影。一切情节都是通过动作呈现出来的。在这个无情且冷酷的世界里，连台词也只是一种声带的动作而已。

这段文字被刊登于某国语学者的花甲纪念论丛中。我以《电影中的语言问题》为题接受了约稿邀请。也许有人会想，电影导演不好好拍电影乱投什么稿啊？但我希望大家能理解，因为这是很难拒绝的人际关系。

冷酷无情的现实主义

题材

题材来自文学。《我要复仇》之所以不用"黑色电影"，而是用"冷硬电影"来标示，是因为在我们这片土地上"黑色电影"的含义已被扭曲和滥用，更重要的是，在这部影片中我无意采用黑色电影的视觉主题。

众所周知，雷蒙德·钱德勒、达希尔·哈米特、艾德·麦克班恩，还有海明威，都是现实主义者。例如，某一重案组的刑警嘟囔说："夏天对我而言，只不过是尸体快速腐烂的季节，仅此而已。"这就是所谓的唯物论层面的现实主义。黑色电影可以说是冷硬小说的电影版，为了强调视觉效果，要采用更加真实的表现手法，这一点我不能苟同，我看不惯这种类似耍帅或摆谱的样子。不过评论家们还是会把《我要复仇》归类为"广义的黑色电影"吧。不管人们认同与否，我依然认为这部影片呈现的是某种现实主义。当然了，那肯定是将世间看成一片戈壁沙漠的人的现实主义。越是这样的人，越容易变得忧伤，因此需要格外小心。沙漠本来就是干燥、无情、简单、荒唐、矛盾且不可预测的空间，所以尽可能减少了脚本、台词和提示，毕竟感情是属于读者和观众的。

片名

片名来自《旧约》。因为《新约》的"罗马书"也引用了"申命记"的说法。"Vengeance is Mine."意思是说，不要因为有了一点失误，就相互报复和惩罚。换句话说，就是报仇与否应由"我"来建立。相当于"我"垄断了报仇的权利。但仔细一想，以上帝的立场报复谁确实是件可笑的事情，因此，这句话的意思其实是"不要……就复仇什么的"。这其实就是普天下所有复仇故事的主题。《我要复仇》是冷硬派作家米基·斯皮兰最有名的《迈克·汉默》系列小说中的一部，另一部作品是今村昌平导演的《我要复仇》。这是一部将连环杀人犯的真实故事以纪录片般的形式重现的电影。

说实话，我并不想沿用别人的片名，但想到反正斯皮兰也是从以前的旧书中拿来的，用了又何妨？没想到很糟糕，为了以防万一，我搜了一下 IMDb，结果和我电影同名的足足有七部之多。从 1912 年创作的美国无声电影到 80 年代的菲律宾电影！而且我唯一了解的今村昌平的作品还不在列，这么说，我的作品在世界电影史上至少是第九个《我要复仇》。既然如此，韩国版的《我要复仇》英文名得换一个了。

思想

思想源自构成。怎么说要比说什么更重要。把影片分成两个部分，前半部分讲述不得已犯罪的情形，引发人们的怜悯，后半部分则讲述被"犯罪受害人"追赶的故事。这样不就可以拍一部可怜的家伙追赶另一个可怜家伙的可怜的电影了吗？

犯罪者想：为什么不管我怎么努力还是过得这么穷？凭什么他们就能天天过着衣食无忧的日子？而受害者则感到非常委屈，有那么多富人，为什么偏偏盯上我？我根本没你想象的那么有钱。简直就是没有一个人是不委屈的。犯罪者想，我压根儿没想做那么恶毒的事情，可事情怎么会变得那么莫名其妙，弄得我晕头转向？而受害者呢，虽然后来弄明白了那个家伙并非真的要做那么令人发指的事情，可为什么仍然无法停下报仇的步伐呢？真是让人百思不得其解。这不应该啊，不应该啊……

人活在这个世上，总有一天会明白不是所有事情都能如愿以偿的（当然，大部分都是发生不好的事情时才会有这种领悟），这部影片讲述的就是这个道理。与我们的善意背道而驰的宿命，与之抗衡的过程中倒下的人们，这是属于我们大家的故事，当然也是属于我的故事。我并不想拍这么悲伤的电影，虽然我很想拍一部明朗活泼的电影，但最终我还是臣服于命运的安排。

最终英文片名定为 *Sympathy for Mr.Vengeance*，与李武英导演一起制作。出于对滚石乐队的尊重，我们从歌曲 *Sympathy for the devil* 中选取了歌曲名字的前半部分，而后我在不清楚有同名动画片的情况下擅自用了 Mr.Vengeance 这个名字。因为在海外反响良好，所以我们将《亲切的金子》的英文片名定为 *Sympathy for lady Vengeance*。但是，在参加威尼斯电影节时发现，意大利发行公司用了"Lady Vendeta"这个名称。而英国和美国的发行公司 Tartan Film 也表示，他们也会采用 Lady Vendeta 这个名字，于是应允了。

拍得快并不那么重要

怎么制作的 1

在《月亮是太阳的梦想》和《三人组》结束后，您休息了很长时间，这期间您最大的烦恼是什么？

为什么 Myung Films（著名电影公司）这样的公司不打电话找我呢……大概，就是这些。

当 Myung Films 邀您执导小说 *DMZ*[1] 改编的电影时，您决定加盟的原因是什么？

首先，我做梦都想拍摄一部跟朝鲜半岛南北分裂有关的电影。在出道前，我第一次写剧本时也写过这类剧本。住在西柏林的韩国某电台特派员，为了采访在一场竞赛中获得冠军的朝鲜出生的女长笛演奏家而前往东柏林，而后两人坠入了爱河，但当时的韩国和朝鲜的情报当局强行拆散了两人。大概就是这样的故事情节，这是我写过的唯一一部浪漫爱情故事。为此，我花费了很大的精力，查阅

---

1. 即《共同警备区》的原著小说。

了很多资料，写了很长时间。但在我脱稿几天后报纸上刊登了朴光秀导演即将要拍摄《柏林报告》的相关报道，电影公司得到消息后即刻抛弃了这个剧本。其实除了在柏林发生的爱情故事之外，我们没有一点相似之处，可事已至此，还能怎样呢？因为那次事件，我受到了很大的冲击，甚至一度放弃出道，决定移民。

其次，就是《三人组》之后企划的非写实电影《间谍大骚乱》，是一个在平壤被放弃的低能儿间谍作案后被捕的故事。因为太过无能，所以即使有心叛国想要移民也没那个胆儿去实践。结果后来还是因为在别的事情上违反"国保法"而被捕，并被判处死刑。当时觉得这个故事简直太有意思，想要拍成电影。但那时候大家都说："间谍？你疯了吧？"因此我不得不放弃了这个剧本。

最后，就是《间谍李哲镇》。这是我和李武英最喜欢的剧本，却得到了整个电影史上最差的一部作品的评价，我一气之下辞掉了导演一职。后来由张镇导演做了精彩的改编，受到了世人的广泛好评。

所以说，我怎么可能拒绝这样一部好电影呢？

金贤硕、李武英、郑胜灿，同时参与到您执导的作品中，他们的分工和相应的作用是怎样的？

在韩国，贤硕是我最喜欢的职业剧作家，但是他过于善良，不太适合写这个题材，所以有必要投入恶人李武英。包括现在的第三部作品在内，大部分都是我们一起创作的。在共同创作的过程

中，哪些是谁的创意，根本不可能去一一区分的。比如我们因为写
文章卡住了，所以周围变得很安静。而我突然放了个屁，不小心打
破了沉默。这时李武英开口了："如果是有珍，这种时候会不会放屁
呢？"真的是好冷的冷笑话。尽管如此，我还是会说："会吗？"最
后，就是胜灿，他从平安道方言到北方人的思维及行为方式，都给
予了我们很多优秀的启发。

在改编过程中，作为导演最为重视的部分是什么？

改动尽量少一点，还有再搞笑一点。

为什么改了萨米上将的性别？

我只要想到全都是男演员就感觉很迷茫。

**把以分裂为主题的电影拍成了大众电影，作为导演有过什么样
的负担？还有最谨慎的部分又在哪里？**

我是这样考虑的：

"我不能太有压力，导演的压力太大就不能拍出好电影！"

"……可我还是经常感到有压力怎么办？"

"（揪住头发）我什么压力也没有！"

八到九个月的改编过程中有没有有趣的插曲？

导演组里有李重龙和朴振宇两个朋友。重龙比较酷，动不动就要求去掉那些过分感性又比较啰唆的说明部分，（如果没有合适的理由）他就说那个戏太 low。相反，多愁善感的振宇就很希望多放一些伤心欲绝或者有品位的场面。（重龙本是《三人组》出身，之后加入了《礼物》剧组，现在想来全都是性格使然。）因此，我工作起来非常方便，不知道该添加或删除的时候，只要问他们两个就可以了。比如，如果重龙说这个场面要放进去，那就是必须要放进去的。如果振宇说这个地方要去掉，那就必须得去掉。

如果说在改编过程中存在个人困难的话，是什么困难呢？

在漫长的改编过程快结束的某一天，沈在民代表愁眉苦脸地对我说了一句："你非要跟姜帝圭导演反着来啊？你明明都知道……"

摄制组构成原则是什么？

除了金尚范剪辑外，其他都交给制片公司办了。我相信把事情交给 Myung Films 绝对不会有问题。

能简单说一下李秉宪、宋康昊、李英爱、金泰宇、申河均、金明洙这几位主演的选角过程吗？

其实我也不知道选角都经历了哪些过程，他们是怎么进入剧组的。我只对 Myung Films 选择的特定演员给出合适或不合适等意见。

据说宋康昊犹豫不决的时候，崔岷植和金知云两位促使他决定了出演，我也是事后才听说这件事的（非常感谢两位）。李英爱是无论从哪个角度出发，都是再适合不过的独一无二的演员，所以当然是最先定下来的。金泰宇的经纪人赵善木曾多次托我把一个男性角色给新人，当时我就装疯卖傻地说"这个不好弄，除非是金泰宇……"结果真成功了。申河均是由于年龄太大，所以连见都没见，但是见到他本人后发生了逆转，当场就签了他。我不太清楚李秉宪的选角过程，只是在第一次拍摄的前一天，他打电话来说因为实在找不到感觉，所以不敢拍这部作品，差点儿没让我崩溃。后来有次我和秉宪喝酒时，他说当时是想逗逗我，气得我差点没掀了饭桌。金明洙本来没在阵容里，是后来才加入进来的。制片公司可能是考虑到出场次数不多，所以想选一位片酬较低的演员，可我的想法不一样，虽然那个角色的戏份很少，但绝对是非常重要的角色。要跟四位演技很好的演员抗衡，不只是一对四打平局的概念，而是要单枪匹马压倒四位演员，这是一个重要角色，所以我只好亲自打电话说明了情况："这次预算很少，给不了多少钱，演不演你看着决定吧……不过还是想拜托你来演，行吗？"

关于角色、演员的表演指导计划和分工，都跟演员做了哪些协调？

说不上表演指导……反而我学到了很多。跟李秉宪说话时学到的东西，运用到宋康昊身上，从金泰宇那儿得到的想法，包装成我自己的，然后用在申河均身上……就这样转了几圈后，大家都向着同样的方向前进了。

听说您第一次将整个剧本内容事先贴到了桌面的故事板上，对于大体的方向和目的，可以说说您的想法吗？

方向就是，就算不说那么多废话，制作组和演员也会自行去理解。目的是开机前一天晚上能好好睡一觉。

板门店和不归桥都是在摄影棚拍的，设计摄影棚时您最注重的部分是什么？

不要把钱浪费在摄像机拍不到的地方。

为了体现西尼玛斯柯普型宽银幕电影[1]的尺寸，您使用了 super 35mm 进行拍摄，我想了解一下您与摄影导演是怎么协调的？

在拍摄外景时，摄影导演说脑海里经常浮现用广角镜头拍摄的地面角度，我说我也是。我们好像还谈到拍摄特写镜头或长镜头时大胆一点儿，果断拉近或给足够的景深。因为摄影导演本是位沉默寡言的人，而且还有故事板，所以我们不需要说太多话。本来我很担心，但拍完一两场戏后，觉得像是从十年前就开始一起拍摄了，自然而然地便适应了。

---

1. 即变形画面宽银幕电影。

外景拍摄的过程是怎样的？

拍摄现场最具戏剧性的是"紧急出动并在山里开展夜间搜索"的场面。当初看场地看了好一会儿，最后还是放弃了，打算打道回府。忘了是助理导演还是摄影，建议再往里走走，结果还真找到了合适的。当时在附近吃的干白菜汤，回味无穷，所以更加难忘。芦苇荡的场景本来是定在白天拍摄，但接受了照明导演任在英的提议，换成了晚上。因为有这些明知道会受苦，但仍甘之如饴的伙伴们，所以拍出来的电影更加有看头。本来还有计划拍摄柏尼法斯营[1]与中立国监视委员会[2]瑞士军营，但在实际拍摄中却未能如愿。只能紧急寻找新的拍摄场地，那时觉得国防部真的很讨厌。

总共 58 次拍摄，拍摄内容和过程如何？

如果除去拍摄插入画面的日子，拍摄次数应该会更少。考虑到难度的问题，我觉得拍摄效率还是蛮高的。多亏了 Myung Films 的精湛统筹。在拍摄最重要的朝鲜岗哨枪战场面时，我们一边剪辑，一边进行了多次补拍。而且本来打算在户外摄影棚拍摄的对质审问场面，直到拍摄前三天才换到了室内，因为露天摄影棚不能随意拆装

---

1. 联合国在朝鲜半岛设置的军事基地，主要职能是监控和约束韩国和朝鲜双方遵守《朝鲜停战协定》。
2. 职能同柏尼法斯营。由瑞士、瑞典、捷克和波兰四国成员组成。

墙面，这样无法完成复杂的拍摄。本来应该在室内搭建同样的拍摄景地，可不知为何谁也没想到这一点。当时很突然地提了这样的要求，没想到制作人欣然答应了我们的要求。

最辛苦的拍摄是哪一场？

因为天气操了点心。现在回想起来，顺利得都让人感到不可思议。反正该玩就玩、该睡就睡，就像公务员上下班似的，来回现场一段时间，工作就都结束了。因为各部门都很尽责，如此一来就没有导演什么事了。

记忆最深刻的摄影插曲是什么？

有一次拍李英爱小姐洗完脸照镜子的场面，实在是太漂亮了，当时严在英导演一边看着监视器一边感叹："哇！"

看演员演戏时有何感受？

有时候静观演技好的演员表演的样子，让人感觉很崇高。

在录音过程中感到遗憾和令人满意的地方分别有哪些？

如果同期录音效果不太好，就要一边看着画面一边配音，就是业界称为"ADR[1]"的工作。一般都会远不及演戏时的感情，但我们通过很多努力，还是可以弄出非常接近甚至更好的效果。尤其是宋康昊说"喂喂！……影子过来了，小心点！"的场面让人记忆深刻。

在韩朝双方小队队员们的枪击大战中，因为音乐和效果音之间的均衡问题，出现了很多争议。最后，将呈现四个主人公当时心情的金光石的"声音"与象征折磨他们的体制的"枪声"调成了同样大小。换句话说，就是这两个声音在打架。在这里，观众是否能听到歌词并不重要。重要的是，为了不被枪声吞没而拼命呐喊的感觉。如噩梦般的混乱气氛，当朝鲜哨所遭到枪击的时候，其意图变得更加突出。四个人的友情绽放的空间瞬间被两边的士兵们弄得面目全非，换句话说，这就是所谓的"体制攻击"。当时金光石的声音被枪

---

1. 根据同期声参考声带进行对白重置的技术。

声掩盖得几乎听不见，但情感传递却不亚于任何一位演员。所以我想说的是，歌声也是一场戏，而听不清的歌声可以传达感情。再加上一个重要的因素，就是临时演员们的呐喊声。这些士兵代表的是谁呢？是体制的象征，同时他们也跟电影里的主人公一样是个体。他们打碎了友情的空间，可这又怎能怪他们？究竟有多深的冤仇，才能那么一边疯狂地号叫一边枪击？与其说是憎恨，不如说是恐惧吧。我相信，虽然观众不会用语言整理出来自己的感受，但不知不觉中应该感受到了这些情感。

这部电影灵活应用了很多电脑特技，令人遗憾的场面是什么？最精彩的场面又是什么？

我觉得最精彩的就是最后一个镜头。如果没有电脑绘图，制作战场场景便只能存在于想象中了。令我遗憾的是，李秀赫的影子跨越过军事分界线的镜头，当时没想要依赖电脑绘图，后来因为光线问题，只好先大概拍一下，然后拉伸了影子的长度，果然画质和色感不尽如人意。

从剧本改编时就开始选曲，确定用《二等兵的来信》这首歌的用意何在？

影片的第二部分，最关键的是，凸显韩朝士兵的同质性和异质性的同时，引发喜剧或悲剧性的情感。在这里，《二等兵的来信》主要凸显了同质性。尽管韩朝之间存在着巨大差异，但只要是当兵的，听了这首歌谁能无动于衷！谁又能不落泪！这首歌隐含着某种思念，这种思念可以超越核武器那些问题引发的敌对心理。"给父母磕头道别后走出家门"时，哪个家伙不会落泪啊！再次强调，我这么做并不是为了让观众流泪，而是为了让剧中人物落泪，那显然是另外一回事。另一个原因就是，金光石跟秀赫一样也是以自杀的方式结束了生命，而金光石唱的歌，因为他的英年早逝而给人们留下了永恒的青春旋律。

您多年的老朋友赵英旭导演也参与了这次的音乐制作，能讲一下这个过程吗？

有些人以为赵英旭只是个不影响电影的整体效果，同时还能多卖版权的非常微妙的选曲人什么的，这真是个误解。实际上，他是一位原声音乐制作人。做唱片时，制作人相当于电影导演。他的任务是引导作曲家按照作品的要求进行创作，并提供详细的指导并贯彻自己的想法，他的工作非常出色。电影音乐家最重要的资质就是善于应用台词、呼吸声、效果音甚至沉默这些要素。还有就是要熟练掌握电影的整个节奏。比起音乐本身，我更注重的是能够正确把握那些点的能力，就是所谓的 Spotting。我认为在这一点上没有比赵英旭更优秀的音乐制作人了。赵英旭是相比加法更擅长减法，相比调高更注重调低音量的导演。

如何看待"最后一场戏(黑白照片的场面)"的企划意图以及结果?

其他场面还好说,但这场我真不想多做说明。我想给观众可以遐想的空间,所以不说什么权威解释似的"导演意图",只想说说作为一名观众观看电影的感受,可以说是很主观的一家之言。那张照片总是让我有这样的想法:第一,如果他们之间像之前那时候互相不认识的话,应该不会发生那个残酷的悲剧……好好服完役就能健康地复员了吧……静止的图片呈现出想定格在那一瞬间的心情。第二,如果他们不是四个主人公,而是平凡的士兵,那么是不是又会继续军事分界线,继续重演历史,这种让人感到难过的思绪。第三,看着李秀赫向美国游客做的举动,我有一种想呐喊的冲动:"你们知道我们的痛苦吗?……滚!"

技术试映会后,您有何感想?

看到演员和制作团队都很开心,我也幸福得差点儿哭了,但另一方面又冒出这样的想法:说不定哪一天,还得拍他们不怎么喜欢

的电影呢，不能以此满足。

通过这部电影，您最终想要说的是什么？

阻止战争。

**关于谁射了谁，射了几发子弹等众说纷纭，您当初是怎么设想
的呢？**

如果电影拍得太明了就没意思了，导演可怎么活？

**关于这部电影有各种评论和批评，对于这些声音您有异议吗？
或者有什么难忘的点呢？**

有人说这部电影是蹭韩朝关系变化热点的，我都懒得理他。关
于李秀赫的自杀问题，有些观众认为主人公被处以了很高的惩罚，
是因为考虑到了观众的感受，但我觉得这与我的想法无关。这跟女
权主义者们对《末路狂花》结尾的评判差不多，她们认为这部电影
的结尾惩罚了不想输给男人的女人。秀赫的自杀只是我自己不知不

觉中从出道作品就开始带有的犯罪意识的体现而已。因为他知道所有的悲剧都来自自己。同时，这也是想把这部影片聚焦于个人与体制之间的较量，而不是南北之间的较量。白继元先生虽然不是电影专家，但他却说出："他不是自杀，而是被体制所害！"听到这句话时，我体会到了只有读到李明世导演和江汉燮评论家的文章时才能感受到的快感。

在观众的反应中，哪些给您留下了深刻的印象，或者想留住那份记忆？

一位大妈在官网公告栏上写了这样的留言："韩朝士兵都死了，怎么会在最后的黑白照片中重新复活站岗呢？是不是有些不对啊……"是的，我就是想让那些朋友重新活过来，所以才拍了那个场面。

从导演的立场出发，《共同警备区》之前和之后有什么不同吗？

我终于可以放心地经常打的了。

对您而言，《共同警备区》具有怎样的意义？

有时候我觉得电影会对现实产生巨大影响，箭一离弦就一发不可收，掀起了一股风潮。所有的报纸都报道了这部电影，国会议员们想集体观看电影并跟剧组合影，全体国民都感受到了这部影片结尾的那份难以言喻的悲情。今后我的人生似乎无法摆脱这部影片了，所以我打算赶快拍另一部电影。

"dai ge！"是朝鲜人惊叹时使用的词语。在电影中，宋康昊和申河均在看着高小英的照片时发出这声赞叹。

金光石，和我同届。我们从未谋面，为了制作《共同警备区》的音乐，我大约听了500遍他的歌曲。当时没觉得怎样，但是听到金光石自杀的消息时，我不禁有了这样的感慨，也许正是因为有了他，我们才安然度过了那个80年代。

"经常打的"的意思是说我总算赚了些钱。

杀死"我"

怎么制作的 2

据我所知，您在拍《共同警备区》前筹备过《间谍李哲镇》和《天地男儿之激进党员》。经过这两部作品，再拍《共同警备区》的理由是什么？还有，这两部作品的主题在《共同警备区》中有了怎样的延续？

《间谍李哲镇》因与制作公司的意见相左所以放弃了，而《天地男儿之激进党员》是为《共同警备区》让步的。周围人对前者的评判特别不好，但不知道为什么，直到如今我都放不下那个剧本。后者是我喜欢的类型，也得到了外界的广泛好评。这两部作品都是我执笔的，也打算自己执导，但更换导演后，作品有了全新的演绎。我真切地感受到不同的人执导同一个故事，会变得有多不同。如果《宇宙威龙》不是由保罗·范霍文，而是按照制片人的原意由大卫·柯南伯格执导的话，那又会成为怎样的一部电影呢？

说到与《共同警备区》连接点的话……《间谍李哲镇》演绎的是分裂问题，可以说在主题和内容方面都在一个延长线上。《天地男儿之激进党员》则是从导演的态度出发，即严肃、慎重、成熟，换句话说，是一心想做成一部"完成度"高的作品，从这一点来看，两部有一些相似。本来想前者请宋康昊出演，后者请李秉宪出演，结果两人同时出现在了《共同警备区》里。

《共同警备区》在您想要多产的愿景中，以及在三部长篇电影中，占据着怎样的地位？

首先，我来回答您的第一个问题。这部电影筹备时间超长，筹备了整整一年半。如果按照这个速度一辈子可以拍几部呢？所以我不能不担心。其次，这是我第一部想摆脱好莱坞 B 级片影响的作品，我下意识地做了很多努力。那是因为这部作品的性格就需要如此，而且我也意识到，若是 B 级片的话，不会受到观众的尊重。换句话说，就是会看起来显得滑稽可笑吧。（当然了，也可能是因为我没有彻底地做到他们那个程度。）因此，像《共同警备区》这样想让尽可能多的人产生共鸣的电影，只能通过观众所希望的高水平制作方式来完成。也就是说，只有那么做观众才会买账，我会接纳观众的意见。万事开头难，一旦下了决心，后面就不是什么难事了……一路走来，我觉得自己的电影人生（将以尼尔·乔丹或大卫·柯南伯格作为榜样）也许会走向截然不同的两个世界这一方向。即，可能会在主流和独立这两种风格中来回穿梭。

不管是《三人组》还是《共同警备区》，片名都比较单调，这些片名是怎么诞生的呢？

自打刚出道时有过失误之后，我爱上了那些并不亮眼的片名。

当时的忠武路比较重视片名，所以尽管并不符合我的性情，我也尽己所能编了个华丽的片名。这次的原作小说 *DMZ* 是"非武装地带"的意思，与内容不太匹配，只能改名了。一开始我起的名字是JSA，好像有点儿太硬气了，便根据制作组的建议进行了补充。我就是那种不太注重片名的人，而且生活中也喜欢直来直去。为了取一个好听的片名，去教保文库翻找诗集什么的，那真不是我的风格。

刚开始听到朴赞郁导演将制作《共同警备区》的消息时，"韩朝问题"这个题材让人感到很意外。为何会选这个题材呢？

我只是接受了 Myung Films 的提议而已，当然也有接受他们建议的理由。作为 20 世纪 60 年代出生的人，我想表达我对那个时代的看法。在大家谈论革命的时候，沉迷于 B 级片和希区柯克的我；大伙儿都在高谈阔论网络、风险、《黑客帝国》的现在，却想拍这样一部电影的我，那都是我，并非不同的两个人。我是那种需要不断确认自己是否反着当代的流行逆流而上，才能感到舒心和安定的人。

将南北问题拍成电影，先不论题材的选择问题，首先就很容易陷入基于意识形态上的无视或启蒙等陷阱，您最警戒的是什么？

你这基本可以算是自问自答了。正如你所说的那样，没有任何政治立场的表态，只是非常机会主义且倒胃口的态度。而导演一心想给观众灌输某种教训的意图也是非常丑陋的。但是对于"启蒙"一词，我还是心存芥蒂的，因为在现代哲学中，这依然是炙手可热的话题，而且我对它的看法也在不断改变，我只想点到这样一个程度，"从情绪层面散发不安的气息，而从政治角度来看仍然有效"。

如果除开电影的完成度，只从意识形态和南北问题的视角来看，最近的《间谍李哲镇》和《生死谍变》怎么样？

我想，即使有人说《生死谍变》是为了娱乐才选择的南北分裂问题，姜帝圭导演也不会生气的，只是那种表现手法有点儿牵强，真正的意图是没有什么错的。如果是詹姆斯·邦德那种冷战式善恶二分法来展开故事，绝不可能创造这样的票房。崔岷植在片中所讲的那篇"著名"的《汉堡论》与电影的艺术性无关，但不能否认其在政治上是非常了不起的一拳。《生死谍变》打破了长久以来的禁忌，把南派间谍演绎成令人同情的人物。我想外界的好评也应源于此。从这一点上来看（张镇导演当然也很棒），拟定原始方案的电影公司企划部绝对功不可没。而《共同警备区》并不是一部从天而降的电影，只不过是踏着前面两位前辈铺好的路前进了几步而已。

杜绝意识形态的倾向性与启蒙态度，这也许就是《共同警备区》的巨大美德。您如何看待南北统一的问题？

我很担忧民族主义，尤其是韩国人那种过度的民族主义倾向。《生死谍变》中也强调了那是超越独立运动范畴的、追求无产阶级革命的群体，但也不是说要抑制本能的民族主义情绪。我个人认为，与其强烈主张统一的必要性，不如从现实情况着手，让人们意识到分裂的状态有多不便。还有就是在谈论统一之前，我想强调避免战争的重要性。大家只不过是麻木了，朝鲜半岛实际上是随时都有可能爆发战争的。

在准备作品的时候，一定看过很多有关南北问题的作品。其中让您印象最深刻的作品是什么？

我一部也没有看过。

一提起朴赞郁导演，首先会想到的是，通过已出版的著作或各种杂志的投稿认识到的"电影狂热粉丝"这一固定印象。所以大家会认为，通过"电影狂热粉丝"这一身份获得的观影经验会很好地融入作品情节中。那么在拍《共同警备区》的时候，有没有想起过某个作品或者某位导演呢？

完全没有，我从来都是只要出现类似情况，就会毫不留情地删除。

对您个人而言，板门店的形象（不是意义）是怎样的？

就像电影里出现的那样，是隔着又低又窄的混凝土槛相对的韩朝士兵的样子。其中一位就这样嚷嚷："喂喂！……影子过来了，小心点！"

《共同警备区》不仅题材，在预算和选角方面也是一部杰作。有没有什么特别的压力？

快要拍完时，制作方说首尔观影人数 51 万人次是这部电影的收支平衡点，我差点儿没晕菜。当时制片人只是想提醒我预算稍微超支了，一看我深受冲击，压力很大，他又安慰我别想那么多，只关注作品的质量就可以了。当他拍我肩膀说这番话的时候，我脑子里闪过一个念头："这话不是该由我来说吗？"反正我一直认为这部电影与其说是大片儿，不如说是"以足够的钱拍出来的好片子"。

《月亮是太阳的梦想》和《三人组》是能够感受到朴赞郁导演独特风格和想要表达的东西的作品。从这一点看，《共同警备区》似乎少了那份感觉。您认为这部作品反映了您自身的哪些苦恼？

我试图杀死"我"。相比语言，我更注重沟通；相比少数忠粉，我更注重广大观众；相比自我意识，我更注重主题；相比执导，我更注重演技；相比风格，我更注重感情；相比美学，我更注重政治学。总的来说，我努力使之成为 A，而不是成为 B。为了最大限度地消除导演的存在感我拼尽了全力，无论结果如何，我都为此感到骄傲。

若让您概括一下您这三部作品的主题或关键词，分别会是什么呢？

当然是"罪与救赎"。一个也许是因为我在天主教环境中长大的（虽然我现在不是信徒），我从小就对这些问题非常感兴趣。您知道马丁·斯科塞斯或者阿贝尔·费拉拉吗？不过我倒不是在像他们那样亲戚和邻居全都是天主教徒的环境里长大的，而且韩国天主教徒和意大利或爱尔兰教徒的情感是截然不同的，所以其影响力会大打折扣。另一个是"恶性循环的暴力"。这是指用暴力犯下罪行，然后又想通过这种暴力来谋求救赎的行为，而这也同样不能与在犯罪和强盗世界长大的纽约"暴力师徒"相提并论。对我而言，更重要的是在国家和阶级权力的暴力中拼命挣扎，只能再次以暴力的方式负隅抵抗的韩国现代史的悲剧。当然了，并不是每部电影都会出现这种情节，但在我的内心深处这种情节已深入骨髓。

李秀赫、吴倞必、南成植、郑宇真、苏菲，哪一位最接近您自身的性格？

哪个都不是，如果非要选一个，那应该是中立国监督委员会的瑞士军方代表波顿少将。他是坐在安乐椅上的人类学家兼行动不便的人道主义者，他的优柔寡断、瘸腿的知性、冷漠的性格都酷似我。

苏菲这个人物是中立国监督委员会中派遣的第一位女少校，也是《共同警备区》所有登场人物中，唯一为自身的认同性而烦恼的人物。影片中的男性军人们是通过偶然机会成为朋友的，而她被刻

画成凭借对父亲的记忆、心存恋父情结的非常单纯的人物。特别设定这样一位女兵的理由是什么？这位来自中立国的女兵除了电影所叙述的故事情节外，还有其他什么意义吗？

原著小说中这个角色原本是男性。换成女性的理由很简单，就是为了设定一个彻头彻尾的异乡人。在韩朝对峙的情况下，瑞士人，尤其是韩国人格外厌恶的混血儿，而且是在一个男权社会里。在那里，她会成为所有人都讨厌的孤独的旁观者，犹如在南部的山沟里被乡下人们包围的纽约黑人侦探一样。

《共同警备区》中意识形态非常鲜明的画面是谈论韩国战争时期巨济岛俘虏收容所的时候，说有 76 名俘虏没有站队南北任何一方。通过这个镜头，您想传达怎样的信息呢？

怎么说呢，也不能说这是我的政治路线……我不想否认在我内心深处其实有一种想把那个群体神秘化和浪漫化的欲望，那就是将他们刻画成永远的局外人、流浪的荷兰人，或者是无政府主义者。我大概是受崔仁勋的《广场》影响较大的一代人，所以我想把这部小说的结尾和这部影片的前史捆绑在一起，但可能有点儿过了。在

影片中，瑞士将军向苏菲介绍巨济岛的场面显得过于说明化。虽然我很清楚这一点，但我还是放进去了，就做了那样的选择。

苏菲为什么会无视父亲的照片，忽视父亲的存在呢？父亲是朝鲜人民军军官的事实，难道在中立国家瑞士也成问题吗？

不是无视，而是憎恨。原著中也出现过，我想父亲为了教女儿在瑞士这样一个国家毫无用武之地的韩语，没少虐待自己的孩子，所以在剧本草稿里，苏菲返回日内瓦养老院探亲的片段是结尾。在那个版本中，苏菲给昏迷的老父亲剪指甲，从而结束了持续了漫长岁月的反目。

苏菲为什么会由李英爱出演呢？她通过电视和广告展现的形象与《共同警备区》中的角色有很大的反差。

反差？是不是因为太漂亮了？漂亮也不行啊！究竟让谁来演这个角色，冥思苦想了很久。与白人的混血儿、法律专业出身的知性女子、能说流利的英语、出色的演技……除了她还有谁？唯一不足的就是英爱小姐不是一个性感的演员。不过这部影片无须渲染过度的性感（对不起，英爱小姐）。除了周围的人歧视女性的场面，其他任何一个场景都无须苏菲凸显女性形象。就算是由男演员来演也绝不会有问题的这样一个角色，这就是我想象中的苏菲。不过分彰显阳刚之气的男性角色比比皆是，女主人公为何都要卖弄风骚呢？还有就是相比《义海雄风》中的戴米·摩尔一样壮硕的身材，像英爱小姐那样弱不禁风的女人咬紧牙关对抗不义的样子，会不会更能打动人心？

我曾经想，为了查明真相而派遣的军人是否为女性？您是否想过把《共同警备区》拍成"同性恋电影"呢？对此您怎么看？

真不愧是 *KINO*[1]！这是一个非常尖锐的问题，但我不会予以置评。我只想说，为了随时简单否认那种问题，我特地放了一个南成植随身携带高小英照片的镜头。对我来说，那是为了随时应付这种问题——"在军队主题的电影里出现同性恋是不是太过老套和过时的想法"。

李秀赫和吴倞必轮流说"拔枪快并不是那么重要，重要的是你

---

1. *KINO* 杂志是 1999 年创立的韩国电影评论型杂志，曾在 2003 年停刊一段时间后，于 2004 年被韩国 CJ 娱乐收购并再次发行，2006 开始因运营问题再次中断发行，2007 年正式废刊。

有多冷静"这样的台词时，两个人融为一体。那样的台词是怎么想
到的？

现在读那句台词，感觉跟《不可饶恕》中吉恩·哈克曼对三流
作家说的话很相似。当时是先拍完吴侁必的戏份，过了好一段时间
之后，在拍摄李秀赫的戏份时，现场突发奇想的。将同样的短时间
镜头用于不同场景中，从而使之以截然不同的意思出现在画面中，
这是我一贯的拍摄战略。后来我想台词是否也可以采用这种方式
呢？当时，看着在等待快速修改分镜头的助理导演，我心里嘟囔了
一句："快点拍完并不是那么重要，重要的是电影可以在影院上映多
长时间。"

**李秉宪和宋康昊是怎么被确定为主演的，有什么特别的要求
吗？特别是宋康昊在《生死谍变》中饰演韩国警察，通过《犯规王》
等作品刻画了非常搞笑的形象。但是在《共同警备区》中需要塑造
一个最沉着、能够掌控整个事件的角色，选宋康昊有没有觉得是在
冒风险？**

我始终认为秉宪是那种不需要刻意准备就可以做得很好的演员。
所以我就那么引导他，结果发现他在电影中展现出了比以往任何一
部电影或电视剧都更加出色的演技，我觉得这跟我的建议也有一定
的关系，对此我感到很骄傲。在五名主要角色中，最难演的角色是
秀赫。我要的就是"最健康、平凡的年轻人形象"，但对于演员来

说，普通人是最难演的。我想为完美完成这件苦差事的秉宪鼓掌。

宋康昊——好像人们对他一直有一些错误的判断，他不是一位优秀的喜剧演员，而是一位优秀的演员。他那极具独创性的人物分析，以及不可预测、变幻莫测的表演，在韩国电影史上都是独一无二的。问题是我们总是对哪位演员适合演哪个角色有一种非常狭隘的思维习惯。我认为好的演员无论演什么角色都非常像。我敢打赌，像康昊、秉宪那样优秀的演员，即使互换角色也绝对能够演好。其实对金泰宇和申河均我也是想称赞的，但就是没人问，真让人感到郁闷。

与其说电影是通过错综复杂的故事与观众玩推理游戏，倒不如说是始终贯穿着一个隐藏的秘密。韩朝的士兵们犹豫不决的样子似乎隐藏着什么？直到最后才予以揭晓。为什么把故事分成了三个部分呢，用什么方式实现的？

在第一部分中，观众一上来就看到了不分青红皂白的枪战的结果，但其原因不明。这时候的神秘氛围其实是一种欺骗手法。第二部分就像个完全不同的影片，不存在任何谜底，只是把偶然相遇的

韩朝士兵们坠入友谊的小船的过程，时而幽默、时而真切地描绘了
而已。但是观众无法轻描淡写地看待这些插曲，因为观众已经很清
楚地知道那些朋友最后会互相残杀的事实。对于这份友谊，观众始
终心存说不出的紧张感，这跟我们关注韩朝交流与和解的心情是不
谋而合的。到了第三部分，故事的主角再次成为苏菲，事情的真相
逐渐被她揭开。正因为是通过异乡人的眼睛看到的，所以士兵们互
相枪击的样子显得更加悲惨。

那拍摄顺序是怎样的呢？在拍摄过程中有没有变更的部分？

先拍了第二部分。因为英爱当时正在拍摄电视剧《火花》，所以
从没有她戏份的第二部分开拍。中间没有什么变更。

**苏菲首次被派遣到韩国，刚好看到韩国高层军官和士兵的对话
场面："战争不会那么容易爆发。哪有什么中立，不是 A 就是 B！"
他呵斥完一个士兵，便狠狠地踢了那个士兵的小腿一脚。在这个镜
头里，韩国军官甚至比金明秀饰演的朝鲜军官更具威胁性且更恶劣。
这会让人联想到是对军队上层的一种批判或厌恶，还有始终对苏菲**

没好气的样子，我想问一下您对军队的看法是怎样的？

我想申明，我绝对不是只对韩国军队怀有敌意。将军是代表包括南北在内的军队阶层，甚至是超越军部，代表整个体制的人物。我的意思是，这群人是因南北分裂而受益的群体，是不愿意看到变化的势力。他之所以看起来比北方军官更恶劣、更具威胁性，仅仅是因为他的军衔等级更高！

说到军队问题，我反感的是韩朝双方都在实行征兵制。如果可以实现自愿入伍，就没有像我这样的草民心存反感的理由了。我们迫切需要裁军和自愿入伍制度，所以应该尽快实现统一！

在电影中，从保守媒体的视角不难发现亲北因素。也许正因为如此，《共同警备区》虽然没有特别刺激的性感镜头，但限制观看年龄被定为 18 岁以上。对此您怎么看？

正在接受采访的当下，我们还在等待重审结果，所以在此不便表明立场。不过我想强调一点，我在广大朝鲜人民中仅向片中的两个人表达了情感而已。我根本不喜欢朝鲜的体制。

　　**从阴谋论的角度，我觉得这部影片的情节本身就是一个巨大的
骗局。譬如偶然踩到地雷后相互交流时，他们的死亡就是有预见性
的，而苏菲的派遣根本就是配戏。我之所以这么说，是因为韩国军
官从一开始就对事件毫无动摇，而且还隐晦地看了一眼与美军一起
绕操场的苏菲。对此您怎么想？**

　　我觉得很荒唐。

　　在第三部最后一次的对峙场面中，郑宇真一定得死吗？

　　他不但得死，而且要死得很惨。被八颗子弹击中，头盖骨被打
碎，手指被打掉，那是我们埋藏在内心深处的恐惧症爆发出来的瞬
间。其中的悖论是，暴力总是源自人们对对方的恐惧。

　　南成植与李秀赫非得自杀的原因是什么？

　　看来您真的是非常不喜欢主人公死掉。其实片中只有南成植陷
入昏迷的台词，一直到结束时也没出现过他死亡的台词，您是否感

到了些许安慰？事实上，我们也准备了李秀赫不死的结局。在事件
发生后第五年，成为民间人士的李秀赫，为了和再次成为军事教官，
正在和非洲人踢球的吴侦必见面而乘飞机前往内罗毕。这样的结局
看似是大团圆，但从只能在第三国见面这一点来看，仍然是一场悲
剧。当时我们在剪辑部也苦恼了很久，最终还是少数服从多数选择
了影片里的那种结局，直到现在，我仍然不知道我们的选择是否正
确，其实我更喜欢原来的那个方案。

**关系都发展到交换礼物了，南成植还是心有顾虑："我们是不是
正在受骗？感觉怪怪的。"并在拍纪念照时也努力掩盖金日成和金正
日的照片。为什么没有四个人一起拍的照片呢？为了给宇真准备礼
物，都在军队里准备了美术工具，为什么不特意准备相机拍个合影
呢？**

我并不是因为喜欢金氏父子才制作这部电影的，也不是因为讨
厌他们才拍了那个镜头。在片中，他们并不是某个特定的领导人，
而是所有体制的象征。正因为如此，不论好恶，他们都不能出现在

照片里。之所以没有使用自动快门式相机，是因为想把南成植单独弄出来，因为最终的悲剧就是由他的狂热而起。

李秀赫死亡的场面，从摄影技巧来看，以我个人的看法，能够联想到布莱恩·德·帕尔玛拍摄的电影《情枭的黎明》中阿尔·帕西诺的死亡场景。

不好意思，德·帕尔玛的那个场景是什么样的，我有点儿想不起来了。《共同警备区》中使用的装备是美国占美摇臂[1]，采用了回转拍摄方式。我不知道《情枭的黎明》是否也采用了这样的拍摄方式，反正这个镜头与第一部中南成植跳楼自杀的那一瞬间是相呼应的。因为成植的自杀而非常自责的秀赫，只能在依然留有成植血迹的地方自尽，为了突出秀赫当时的心路历程，采用了相同的拍摄技巧。不知大家有没有注意到，那一瞬间两人的面孔都是倒过来的，如果

---

1. jimmy jib，美国占美轻型摄像机摇摄臂。

你想拍一张正常的照片，就要把相机倒置一下，那样的话背景也会倒过来。换句话说，那是个人和体制的矛盾这一主题的反复体现。

李秀赫中士明明是 90 年代的军人，但不管什么时候都喜欢听韩大洙或金光石的音乐，《三人组》的插曲《野菊花》也不例外。这些年代稍有不符的选曲，是不是反映了导演的个人喜好？近几年的韩国电影用外国曲子当插曲几乎已成惯例，例如《伤心街角恋人》《约定》和最近的《没好死》，但您的作品似乎并非如此。

倒也不是因为我是民族主义者，而是因为大家都纷纷用西方流行音乐。用怀旧歌曲的理由也没有什么特别的，就是因为最近很少有像样的歌曲。全仁权、韩大洙、金光石的歌曲虽然已经有些年代了，但一点儿都不落伍。所谓的经典不就是百听不厌吗？

南成植用高小英的照片欺骗朋友说是自己的恋人。您觉得朝鲜的军人会爱上高小英吗？在众多演员中偏偏选高小英的原因是什么？

Myung Films 最容易得到肖像权的女演员就是全度妍和高小英。我们认为在两者中，后者应该更得朝鲜男性的心（对不起，度妍小姐）。不过，她本人推荐的照片最终还是没有用。因为那张一看就是明星，不适合平凡的军人骗人说是自己的情人（对不起，小英小姐）。

让我个人印象深刻的场面是，调查南成植的妹妹，妹妹为了工作穿上卡通服走上舞台，镜头中出现了留在舞台后面的苏菲。那不是常见的职业，您当时是怎么想的？

您说的是游乐园吧。第一，我选择了与枯燥无味的军事基地形成鲜明对比的地点。第二，我想呈现对悲剧毫不关心，只顾自己开心的世人的状态。当苏菲问："对于李中士的事你一点儿都不担心吗？"秀珍不以为然地回答说："我对秀赫没有那么深的感情。"第三，当看到实物后，她说："那张脸好像在哪里见过？"我需要适当喧闹的气氛，那种歪着头想一想，但不能马上想起来的环境。当快要想起来是谁的时候，秀珍戴上了动物面具。第四，戴着面具的秀珍问道："我脸上沾了什么东西吗？"这个镜头充分展现了我喜欢的幽默风格，尽管在试映会上没有一名观众因为这段笑出来。

《共同警备区》拍摄使用 super35mm 镜头的理由是什么？您觉得获得了什么样的成效？

是 Myung Films 提议的。这是可以尝试西尼玛斯柯普的好机会，在韩国也是千载难逢的好机会，哪个导演会拒绝呢？西尼玛斯柯普设备的费用很高，不仅摄像机的租赁费非常高，照明也要动员好几倍的人员，那是因为变形镜头的景深非常低。在韩国，拍户外夜景时几乎都以开放的方式处理，所以这种方式几乎不可能实现。通常我们只需稍微调整原来的普通摄像机就能直接使用镜头，可见super35mm 镜头才是真正的西尼玛斯柯普宽银幕电影最经济的策略。最近好莱坞也经常使用这种镜头。

那么西尼玛斯柯普比率好在哪里呢？第一，人们有一种成见，一提到宽银幕就觉得《阿拉伯的劳伦斯》那样的电影才适合，但并不一定是这样的。我们可以通过西尼玛斯柯普拍摄舒爽的野外远景。譬如它在《共同警备区》里芦苇荡或者雪原之类的外景拍摄中发挥了作用。第二，纵横比的使用。剧中四名士兵们在一起的场面很多，所以多次使用了全景。第三，非常有意思的是西尼玛斯柯普适合拍非常大胆的特写。因为宽幅较大，所以要想拍摄没有其他人的单独特写，镜头就要拉得足够近。譬如镜头只抓住人物的两只眼睛时，这个纵横比就能发挥极大价值。尤其是大胆的特写镜头和大胆的长镜头相互碰撞的瞬间，简直就是剪辑快感扑面而来的的一瞬间。

电影开头的猫头鹰视线意味着什么？

其实那不是猫头鹰，而是雕鸮。首先，它是第一个目击者，是保持中立，不做价值评估的冷酷的历史之神；其次，也代表着在理性泯灭的夜晚才会出来狂乱的象征；再者，那双眼眸的形状是在这部电影中经常出现的圆形概念。如果问是否像黑格尔说的密涅瓦的猫头鹰，我的回答是："绝对不是。"

电影《共同警备区》是在板门店或不归桥等虚拟的景地里拍摄的。那么除了再现逼真的空间外，还以什么形式构成了拍摄空间？

我只是在力所能及的范围内竭尽全力地再现了逼真的现场，因为这不是《断头谷》。如果说有例外的话，那就是朝鲜哨所的地下掩体吧。我不清楚是否真的有这样一个实体，但是为了营造隐秘的不伦氛围设定了这样一个空间。我们还在办公室和病房安装了百叶窗，然后使百叶窗投影在人脸上，当然这也不是为了模仿雷德利·斯科特。描绘真实和虚伪混迹的情况时，那个条纹影子非常有效。

所有的事件都是晚上发生的，夜晚的场面是以什么方式拍摄的？

重要的是体现孤独。对主人公来说，是攸关生死的问题，但是体制却对个体的安危无动于衷，只顾着向预先设定的结论迈进。为了更好地呈现这种感觉，芦苇荡、成植的跳楼自杀、秀赫的自杀场面等（与剧本不同）均安排在了晚上。

从镜头的角度来看，对韩国和朝鲜的视角似乎有所不同。那么在故事和镜头处理方面，分别采取了何种原则？

恰恰相反。我对韩、朝两国完全一视同仁，这才是关键。在这部影片中，围绕人物的空间意味着体制，从压迫个人这一点来看（尽管存在巨大的差异），两者之间依然有共性。

在影片的中间部分，吴惊必为外国游客捡帽子的镜头，从俯瞰

角度变成了结尾的黑白照片的镜头。没有经过剪辑，直接用微距镜头扫过照片，这个灵感是怎么来的呢？

在影片中间部分，首先出现的是板门店旅游场面，人民军士兵为游客捡起被吹落的帽子，而负责导游的美军军官却说，在韩国只要是接收那边东西的行为，足以构成死罪……其实这是为了支持废除《国家保安法》而制作的场面，但仅凭这个理由就很难在剪辑过程中不被剪掉，而且这个情节于剧情也没什么影响，因此需要调整片长时，最先被剪掉的肯定就是这里。所以我下定决心来一个精彩的重构，精彩到无论是哪个剪辑或制片人都不忍剪掉。在四位士兵不相识的情况下，偶然被美国游客拍下了照片，用这样一张照片做结尾是不是妙不可言？就是这样一个策略。

您认为在《共同警备区》中最能反映您意图的经典场面是什么？

当然是巧克力派那个场景。朝鲜人自尊心比谁都强，在那个场景中，这一点被表现得淋漓尽致。用最简单的剪辑和调度，单单依靠演员们的演技就给观众留下了深刻的印象，而且还夹杂着一种严肃的幽默感，真心喜欢。

拍摄过程中 NG 最多的场面是什么？

也许令人难以置信，就是从朝鲜发来的信掉在地上的那个镜头，因为总是出镜，所以拍了二十多次。其余的镜头都没怎么重拍。虽然这是一部烧钱的电影，但总的来说，胶片用得确实很省。这要归功于专业的工作人员和敬业的演员。

与最初构想并制定规划的时候相比，现场变化最多的场面是什么？

士兵们舍不得离别的场面和苏菲、秀赫分手的场面。都做好拍摄准备了，突然冒出了新的想法，感觉原来的方案有种说不出的别扭和老套……反正就是不合意。于是当场换掉了摄影机和剪辑台，连台词都换掉了。跟工作人员和演员们进行了面对面商议，然后一个一个做了修改。那真是让人感动的瞬间，远比我自己一人做主来得踏实！

接下来构想的作品是什么？如果有，请简单介绍一下。还有我们大概什么时候能看到呢？

应该是二选一吧。一部是片名为《蝙蝠》的吸血鬼题材的恐怖电影。虽然不会出现长大尖牙的人类，但恶魔肯定会直接登场。另一部是关于诱拐犯和孩子父亲立场的电影，片名待定，主要讲述了"阶级问题"，是一部非常冷酷无情的影片。拍完这两部电影后，我想把"人民革命党事件"拍成纪录片。如果问我下一部作品什么时候能上映，那么我只能说，这取决于《共同警备区》的票房成绩。

这是接受 *KINO* 书面采访的内容。当时片名待定的电影就是后来的《我要复仇》。《蝙蝠》好歹也出了日程安排，但人民革命党电影八字还没一撇呢，只是一味地延期。看着《那时候那些人》的事态发展，我心想"看来还远着呢……"，心中略有负担。

想要讲给"您"听的故事

采访

电影快要拍完了，最近心情怎么样？

整整用了一年半的时间，纯制作费超过了 30 亿韩元。如果问我现在有什么想法，只想说"不过是 100 分钟的娱乐，却花费了过多的金钱和人们的血汗"。不久前，还为了 Foley 制作去了综合制片厂。

Foley 是什么？

Foley 是电影里的特殊音效，比如开关门的声音、脚步声等。大部分韩国导演都不怎么去录音现场，但负责此次配音的金锡元社长让我最好过去一趟，于是我去看了一下。在暑伏天，因为怕产生噪声连空调都关掉了，穿着厚重军服的特效艺术家们重复着猛地站起拔枪的同时向后仰倒的动作。金社长的要求也够奇葩："能不能发出灵魂出窍的人的声音？""膝盖中枪的人倒下的声音应该不是这样的吧？"他们为了给观众带来更加逼真的摔倒情景，为了创造哪怕能比眼屎好那么一丁点儿的摔倒艺术，数十次数百次地重复摔倒。如果这样拍出来的电影只有一万人次的票房，那么暂且不论作品的艺术性，导演的内心肯定是崩溃的，这付出了多少心血啊……当时我脑海里突然浮现出这样的想法，如果说一位导演不顾票房，只顾追求自己的艺术境界，那么他肯定不是什么好人。

就您？您从什么时候开始如此重视票房的呢？

我那是不走运，但我从没懈怠过商业化方面的努力。还有，我想提醒您一下，在提出带有侮辱性的问题之前您最好过过脑子，否则您会发现这是今天采访中的最后一个问题。

那么您认为自己"不走运"的原因是什么？

有很多外因，但现在说那些也没什么用了……说到电影的趣味性，就得思考，究竟是以谁为对象的趣味性。虽然电影对象被统称为观众，但观众是由非常多样的个体组成的，他们彼此有着各不相同甚至相反的情趣，那么我们应该迎合哪一部分人的兴趣呢？既然不可能跟 30 万名观众一一商量，那么就只能相信我自己了。如果我觉得有意思的话，那大家也都会觉得有意思。所有的导演都是首创者，也是第一位观众，他们通过迄今为止阅片无数所积累的经验生成了某种标准，以此判断自己作品的好坏。所以，是否拍商业电影的差异就来源于此。事实上，韩国的导演们制作电影的实力都大同小异。因为喜欢《勇闯夺命岛》这样的电影，所以拍出了《生死谍变》；因为喜欢侯麦和布列松，所以出现了《江原道之力》。总而言之，最终拍出来的电影是根据导演的标准而改变的，而这个标准是从别人制作的其他影片来的，这是个非常简单的道理。但问题是，我喜欢的电影和大众喜欢的电影有太多差异。

您喜欢的电影，不招观众喜欢的理由是什么？

应该有多种原因吧，但最致命的是韩国的记者和批评家尤其重视所谓的"完成度"。我不喜欢砸很多钱精心雕琢的作品，那些能够凸显名演员的演技、故事情节如行云流水般展开、在技术上毫无瑕疵的"Well Made"电影，根本激不起我的兴趣。

您最终还是回到了 B 级片，真的有那么好吗？

在所有方面平凡无奇的我为什么会在艺术领域有着如此各色的兴趣，实在令人费解。一般认为看电影看到腻的电影狂粉才会最终选择 B 级片，但我是从一开始就深陷其中。一旦陷进去了就难以自拔。我认为，世界上所有的电影导演都可以分成 D 类 Director 和 B 类 Director，前者是指博士 Doctor，后者是指学士 Bachelor。

相比《恐怖走廊》，人们更喜欢《宾虚》的原因不是显而易见吗？

说实话，无论我怎么想，也无法理解为什么会这样。即使将威廉·惠勒的所有作品都加在一起，也抵不过塞缪尔·富勒的任何一部作品。无论在音乐、美术还是文学上，我跟大众的鸿沟都是存在的。我并不是炫耀自己拥有多么高尚的艺术品位，就像我们不能断定汤姆·威兹要比甲壳虫乐队伟大一样，实际上对我来说，这一直是让我非常苦恼的事情。而且我虽然喜欢 B 级片，但又不喜欢类型片，简直就是自相矛盾。例如，因为柳承莞制作类型片，所以人们不是很喜欢他是吗？（不停摇头）可是我呢……

不好意思，我打断一下。请问您对《没好死》的成功有何感想啊？

我几乎跟他本人一样很蒙。我甚至担忧我不是作为《共同警备区》的导演，而是作为柳承莞的电影老师被后人记住。

那您喜欢《没好死》吗？

必须的，不过遗憾的地方还是有的，我认为力度应该再大一点儿，譬如对老师进行私刑的场景应该描绘得再具体一点儿。

（赶紧打断他的话）来谈谈您迄今为止制作的两部作品吧。

首先，我制作的电影不止两部。因为去年我用 35 毫米镜头拍摄了 30 分钟长的短片，所以应该说两部外加三分之一部才对。首先，我的出道作品《月亮是太阳做的梦》是一部讲述时尚摄影师可塑性的电影。当时的我不仅使用了放大和推进技术，还用了各种技巧和非常绚烂的手法，可以说，作为商业电影，我做了不少颇具实验性的尝试，而且在内容方面我非常执着地追求通俗化。因为我认为只有那样，才能在极低预算的电影市场里生存。柳承莞也正是被我这一点所吸引，毫无顾忌地来到了我身边。当时这部电影几乎没有任何评论，票房也很差。现在看来，这部电影中的感伤主义和稚气实在令人心寒，而且不选择李承哲就不拍这部电影的制作人也很讨厌。事到如今还能怎样，都已经是过去的事情了。

《三人组》又是截然不同的感觉？

我二十多岁就出道了，但混了四五年之后心里充满了说不出的郁闷。也许正因为如此，才拍了那样一部残酷的电影吧。除此之外，我还经历了很多变数。首先结识了一些新的朋友，其中有一个叫李勋的人改变了我很多。因为他，我爱上了荒唐的幽默和冷静的风格。虽然《甜蜜的吸血鬼》和《睫毛膏》都夭折了，但对我没有丝毫影响。后来与李武英一起写剧本，逐渐变得明朗起来。

能具体讲一讲您跟李武英的合作吗？

我们真的一起写了很多东西，《三人组》《共同警备区》，还有李武英现在正在准备的导演处女作《人道主义者》。除了这些，还有一开始是我想拍，最终被别人拍了的《间谍李哲镇》《生死谍变》。还有一堆目前被关在抽屉里，但总有一天会重见天日的十二部作品。要说我们的优势就是速度，大概三天就能写出一部。我们曾想各取我们的姓推出一个品牌，叫"薄利多销（朴李多销）"，并到处宣传

我们便宜出售剧本，可问题是没人下单。您一定要帮我把这个内容写上。

好吧……言归正传。《三人组》怎么样？

虽然没能得到很高的评价，但就像我刚才说的，是作为观众的我喜欢的电影。那部电影的主题是人很害怕孤独，所以总是寻找同伴，但再怎么折腾最后还是独自一人去了，我觉得这部电影很好地呈现了这一主题。不过拍得没预想的那么暴力，究其原因是选用了金民钟，尽管如此，我还是非常非常喜欢他塑造的角色，还有出演如我分身般角色的李璟荣我也很满意。不过，因为非常厌恶追求时尚的态度，所以在形式上走得有点儿乏味了，这点可以说是一个失误。如果按照当初计划的那样拍得更加粗犷和暴躁的话，也许票房和评论方面都更成功。当时因为担心太过商业，所以拍得文艺了一点儿，结果变成不伦不类的片子。这真是一件很难办的事，明明考虑了商业性，却在商业上惨败，真是颜面尽失。

总的来说，《月亮是太阳做的梦》是在内容上，《三人组》是在

形式上失败了是吗？

我不想称它们为失败……不过……虽然不能确定……嗯……也不能完全否定或许有些人这么认为……不过，最重要的还是要符合自己的标准。不要试图迎合观众，而是不管是好是坏，至少要拍出自己喜欢的电影。我认为只要做电影的人足够真诚，那么观众肯定感受得到这份真诚。

终于可以谈谈新作了。《共同警备区》也是同之前的两部作品一样是很 B 级片的电影吗？

等一下，为什么您不问问我可爱的小短篇《审判》呢？

因为时间的关系，短篇还是省略一下吧。

简直了……

继续吧，《共同警备区》也同前两部一样是很 B 级片的电影吗？

绝对不是！这部可是投了 30 亿韩元呀！明明知道观众讨厌，还要用那么多钱来做 B 级片，这简直就是罪过啊！虽然不知道制作得精良与否，但为了提高完成度，我还是费了不少心思的。

这么说您是很不情愿的？

刚开始是不情愿的。当时我考虑的是，与其说是美学路线，倒不如说是出于一种生存本能，或者可以说是一种政治决策。当时我心想，"要动员一切手段把这部作品拍好，哪怕身体吃不消，否则这部作品很可能会成为我的关门之作……"不过，我开始写剧本时就明白了，这都是杞人忧天，无论是在拍摄现场，还是后期制作，我居然非常享受。

怎么会发生那样的事情呢？

可能是因为题材吧。众所周知，从狭义的角度来看，这部电影讲述了分裂的痛苦，从广义上看，说的是个人和体制之间的冲突。正因如此，我全程都小心翼翼。不着边的耍宝或充满小资情调的前卫风格，以及知识分子的激进主义等通通没有立足之地。因为有一定要传达给观众的故事，所以只希望多一位观众、多一份感动。我不想做任何一种让他们感到慌乱的艺术尝试。这跟追求票房的欲望截然不同，即使结果相同但动机不同。这不是违心地迎合，而是真诚地托付。假如说以前的电影呈现的是我想说的话，那么这部电影是想讲给您听的故事。因此，选择您喜欢的语气和态度是理所当然的事情。

是不是因为 Myung Films 公司的要求？

　　既然决定加入主流市场的竞争行列，就应该有主流选手的样才对啊。

能再举一个新作和前作的不同之处吗？

　　最近我对演员和演戏想了很多。看完再看甚至刷了三次的电影都有哪些共同点呢？答案是"出色的表演"。不，与其说是表演不如说是演员。即使演员的演技一般，也有很多靠演员特有的魅力而走红的电影，所以这次我决心要做一个辅助演员的导演，剪辑时也侧重突出演员的演技。这样一来，就很自然地收敛了强烈的作家个性，也自然没有彰显出色的指导能力。所以我现在多少有些骄傲，特别是四位士兵一起出现的场面，打造了韩国电影一向不擅长的琴瑟和鸣的表演。此外，将电视剧出身的李秉宪和金泰宇设定为韩国军，将话剧出身的宋康昊、申河均设定为人民军也是极其成功的抉择。在片中，韩国军的人物形象是精心勾勒的，表演是有节制的；人民军的人物形象是野性十足的，演技是超乎想象的。这两者形成了鲜明的对比。另外，把原作中的瑞士男军官换成了女军官，既冷静又知性的李英爱出演了女军官，这也是个非常不错的决定。

对演员们是不是感到很满意呢？

毋庸赘述。

如何评价各自的个性？

李英爱很适合扮演观察者的角色，因为她有一双美丽的大眼睛。李秉宪的健齿代表着韩国时下最健康、平凡的年轻人。宋康昊的魅力在于眼睛一大一小，可以充分展现复杂而又矛盾的角色。金泰宇的大耳朵非常适合演绎柔弱且细腻的性格。申河均那牛犊般的眼眸里充满了善良和恐惧感。能和他们一起共事是我的幸运，也是奇迹。

正值南北首脑会谈，票房应该很看好吧？

说不定人们已经厌烦有关韩朝的话题了，也许都不会到影院来了……我其实更希望能在第一延坪海战等的纪念活动之后再上映，免得人们误以为我在蹭热点。倒不如在反对统一的保守势力横行霸道时，拿出这样一部电影，暗示"别嘚瑟"。因为作者总是想在时代潮流中逆流而上。

这是如今已经废刊的某一杂志上刊登的自问自答式采访内容，应该是在《共同警备区》上映前夕写的。感觉就像拍了一部有违于B级片精神的电影之后，为了辩解而写的文章。看来当时很担心被人骂。

为什么偏偏是……

Cine Bus 专访实录

记者在狎鸥亭洞一家咖啡厅采访了近日携新作《老男孩》回归的朴赞郁导演。导演的头发看起来很久没有理过了，可见导演为了《老男孩》中的情事镜头煞费苦心，肚腩也变大了，估计是连天坐在笔记本电脑前冥思苦想，很少起来动弹一下。下面是难得跟他聊得非常融洽的采访内容。

为什么偏偏要来这个咖啡厅见面呢？

当然是因为他家的咖啡可以无限续杯啦。比起其他咖啡厅，虽然单价要贵一些，但是只要喝上九杯，就能明白其实是挺便宜的。

我听说您经常会在忠武路的某饭店里写东西，为什么偏偏选择在忠武路？是不是因为您非常怀念刚踏入这个行业时的时光？

因为那儿吃饭便宜。（歪着脑袋）您是……在住宿餐饮行业的杂志社吗？《市内巴士》……（再次端详记者给的名片）……啊，原来是运输业啊！

我们标榜的是"将读者送往电影盛宴的交通工具"。

（点点头）啊哈，原来如此！

言归正传。为什么偏偏是日本的原作？

只要故事好，哪怕是火星人写的小说我也会用。我选这个是因为这部原作具有很强的普遍性，并非因为是"日产"。

为什么偏偏是漫画？

只要故事好，别说是漫画，相声也没关系啊。因为它包含着深邃的心理描写。换句话说，我并非因为它是漫画才选择它。

为什么偏偏叫《老男孩》？

事实上，我更想制作的漫画是《性感突击队外传》和《校园漫画大王》，但我实在没有信心超越原作……之所以选择叫《老男孩》，是因为讲述的是莫名其妙被坑的故事。他并不了解是谁，又为什么那么憎恨自己，从剧本中引用一句话就是："从现在开始，请把你的人生全部复习一遍。"电影里的主人公被迫复习了整整 15 年。我非常认真地请各位观众在看完影片后花 15 分钟来回顾一下自己的人生。如果有 1000 万人这样做，每人 15 分钟，加起来会超过 285 年！285 年的反省，是不是很酷啊？……不喜欢就算了。

为什么主人公偏偏被监禁了 15 年？

《市内巴士》这么多记者为什么偏偏派了您这样的人过来采访我呢？（忍一忍）……如果是 10 年的话，您会不会又要问"为什么偏偏是 10 年？"（再忍忍，抑制住脾气）……当然是有理由的，但是不能提前公开。顺便问一下："有那么多问题可问，为什么只问'为什么偏偏'这样的问题？"

（执着）为什么偏偏是最近常见的"结局大反转"类型的电影呢？

（没好气地）总比"开头大反转"有意思吧。

（更加执着地）为什么偏偏是在韩国不怎么受欢迎的恐怖电影呢？

（被卷入）《老男孩》不是恐怖片！是通过搞笑手法演绎的一部悬疑爱情电影呀！

（完全无视）为什么偏偏又是复仇故事呢？

（仿佛早有准备一般）也许有些人只看表面就急着断定这又是两

个男人的对决、冤冤相报何时了的电影。就算把《老男孩》说成是
《我要复仇》的姊妹篇我也无所谓。（音量越来越大）不过如果有人
因为这样先入为主的偏见而担心票房，那我就……

（打断他的话）谁问票房了？不是那个意思……

（恢复平静）……复仇者的内心是最强烈的戏剧性动机。想想
索福克勒斯或莎士比亚或陀思妥耶夫斯基的作品吧，就算是十次也
不嫌多啊！（想想都觉得委屈）……说什么《我要复仇》跟这部电
影是姊妹篇？就算是，它们也应该是性格迥异的两姊妹。就像布莱
恩·德·帕尔玛的《姐妹》中的两姐妹一样。前一个作品标榜的是
"复仇心有害健康"，而这次是"复仇有利于健康也是有可能的"，看
看是不是相反的。而且其实在电影里复仇只不过是素材而已，真正
的主题还是"救赎"。而且，如果说上一部作品比较简单，那么新作
相对来说是非常奢华的，无论是台词、音乐、色彩，还是镜头变换
都非常丰富。如果把前一部比喻成无伴奏大提琴演奏曲，那么新作
就是《勃兰登堡协奏曲》。可以说《老男孩》是《我要复仇》这部电
影的姐姐。你问为什么晚出生的反而是姐姐？那是因为崔岷植比宋
康昊足足大了五岁。

为什么偏偏是崔岷植？

因为他的眼眸很可爱。他是韩国电影界最厉害的淘气包。《醉画

仙》中最精彩的场面就是描绘张承业捣蛋的样子。这个可爱的男人展开血腥冒险的样子让我兴奋。我想，如果是这样的演员，无论在电影中多么残忍地施暴也不会让人感到厌恶吧。换句话说，在这部影片中，崔岷植既是暴力的牺牲品，同时也是施暴者，以及如同解毒剂般的存在。甚至可以说，本剧的开头部分是对《白兰》中的崔岷植的致敬。

为什么偏偏是郑成勋摄影导演？

不知道是什么原因，我从来都没有和一个导演连续拍过两部作品，啊，对了，除了《我要复仇》和人权委短片电影《信不信由你：灿德勒的现状》是和金炳日导演一起拍摄的。我其实很想跟金导演再合作《老男孩》，但还是非常不舍地把他让给了《丑闻》，因为我不想剥夺他跟李在容导演那样优秀的人一起工作的机会。郑成勋导演是金尚范大哥极力推荐的人。虽然我从来没看过郑导演拍的作品，但我非常信任尚范哥，所以就直接给他打了电话。一见面才发现他比我年纪小，这一点让我非常称心。再重要的事情有时也会以这种很戏剧性的方式展开。

为什么偏偏是柳盛熙美术导演和赵英旭音乐总监？

前者是听从了柳承莞（《无血无泪》）和奉俊昊（《杀人回忆》）的推荐，后者是毛遂自荐。两位都是非常靠谱的人。特别是赵英旭，提前说好给他做这部电影他就免费帮我做《灿德勒》的音乐，算是我俩私下的约定。柳盛熙美术导演，是因为他的声音太有魅力，我很喜欢，这点其实发挥了很大的作用。

这是最后一个问题。（阴险的微笑）您怎么看待《我要复仇》票房萎靡不振的事情？

（突然边招手边大声说）服务员，我要埋单！

GOLD BOY

Cine 21 采访实录

首先，制作《老男孩》时，您最得意的部分是……？

我成功地把它剪辑成不到两个小时的片子，日后如果见到奉俊昊、李在容、康佑硕的话，我会对他们说："哎哟，怎么会制作出超过两小时的电影呢？对吧？这得多累啊，我可弄不了。"

那么《老男孩》正确的"跑垒"时间是……？

1 小时 59 分 38 秒。

（叹息）为什么又是复仇故事……您不烦啊？

为什么——你们都不对"恋爱博士"许某提出这样的问题，却只这样问我？

是啊……您不是说很讨厌制作类似的电影，这到底是怎么回事啊？

我想，许秦豪会不会也认为自己又制作了类似的电影呢？

那么《我要复仇》和《老男孩》的区别，难道和《八月照相馆》

与《春逝》的区别相似吗？

哎，为什么老是纠缠不休地拖无辜的许秦豪导演下水呢？

啊，我什么时候……

（使劲挥手）如果你非要把"恋爱博士"许秦豪导演的两部电影叫作《春天经过八月走向圣诞节》的话，我也无所谓……把我的两部电影统称为《复仇属于老男孩》也无所谓！

您至于这么生气吗？

不是我说啊，为什么对拳头大将柳导演或者枪手姜导演 [1] 不能问的问题，只对着我一个劲儿地问呢？连续拍两部复仇电影难道犯法吗？说白了，我又没捅人，也没骗人吧？我好欺负是吧？我呀……

（马上打断）啊，既然说到捅了，我就问一句……据说《老男孩》中有很多残忍的镜头……您就那么喜欢这种风格吗？

至少比男男女女的悲欢离合有意思吧。怎么了，您有什么不满吗？"恋爱博士"许某导演……

---

1. 分别指热爱香港动作片的柳承莞和喜欢在自己的电影中出现枪战场面的姜帝圭。

**（再次打断）这种残忍的电影要拍到何时？难道没有自信拍一些
轻松的浪漫喜剧吗？**

啊，是指朴赞郁版的《英语完全征服》吗？喜欢拍暴力电影的导
演突然来个急转弯拿出来的那个吧？啊哈，看来您并不清楚……虽然
我本人不怎么浪漫，但已经拍了一部喜剧了，就是时而被称为《完
全征服尼泊尔语》，时而又被称为《国家的荣光》或《伟大的山》
的《信不信由你：灿德勒的现状》。这是《六双视线》中的一部短
片。作为参考提醒一下，是"六位导演的视线"，而不是"六只狗的
视线"。本月 14 日上映。"拍片随我，看片随你"；"具有代表性的
电影，具有代表性的导演"；著名的《蔷花，红莲》的发行商青于蓝
负责发行！"按需选择的乐趣——就如丰盛自助餐一般的电影盛宴"，
愉快的观影从预约开始……

（默默地擦掉脸上的口水）说完了吗？

所以我说呢，《老男孩》并不是那么残忍的……只能说有点儿粗
暴的场面……反正不是太粗暴的电影。试映会时，我站在后面静静
地观察观众的反应，每当片中人物要做点什么时，有些女性朋友就
会赶紧遮住眼睛。但是，这都是不必要的行为，实在是白白浪费了
演员精彩的演绎。这部影片，（至少从外在来看）一点儿都不残忍。
当然，对于《我要复仇》那部影片带给观众的一些冲击，我很理解，
也觉得很过意不去。但是如果担心有太多残忍的场面，所以不想看

《老男孩》的各位，完全可以放一百个心。我，作为人类的朴赞郁，彻底重生了。《我要复仇》又不是我的前科，给我一次重生的机会行不行？《老男孩》中有这样一句台词，简直就是我内心的独白——"就算我是禽兽不如的导演，至少还有生存的权利吧？"

那"禽兽不如"的先生，跟演员们相处得还好吗？

啊哈，看来您没听说我和姜惠贞的绯闻吧？唉，一想到我们被体育新闻折磨的那段时间……我跟您说说那是怎么回事……

（迅速插话）崔岷植是什么样的演员？

那个绯闻可有意思了……（一看没什么回应，迫不得已地）崔前辈吗？怎么说呢……他的面孔本身就很壮观。从某种意义上讲，《老男孩》是展示崔岷植风采的一个媒介。

崔岷植与宋康昊有何区别？

如果说康昊是属于德尼罗型的话，崔前辈就属于帕西诺型。

能再具体一点儿吗？

您自己琢磨吧。都是艺术家，有什么可比的。关于崔岷植可以这么解释，以那种发型还能不招人嫌弃的四十多岁的中年人，除了他还能有谁？即使是用羊角锤拔牙都能给人暖意的人，除了他还能有谁？如果多年后，我还能想起《老男孩》，那纯粹是因为这部电影是我跟他一起拍摄的。

刘智泰呢?

当然是他的高个子。他走路的样子，能让我想起年轻时的彼德·奥图尔。

除了个子高，就没别的了?

那就够了，说多了没意思。

能不能再说两句啊?

一定要补充的话……（想了一会儿）……很纤细。

个子高当然就纤细了，这不是废话吗……

啊哈，我说的不是身体而是眼睛！

一个演员的眼睛细长有什么好处呢?

不是说有什么好处，而是因为眼睛跟我的眼睛长得很像，所以招人喜欢……智泰因为经常跳舞和练瑜伽，所以举手投足都非常优雅……剧中的李有真散发出的气质就来源于此，但有时也会有些低俗，被财产和教养掩盖的邪性会在某些瞬间现身……他是停止生长的小大人，内心隐藏着任何医生都难以辨别的精神异常征兆……刘智泰

用他那修长的身材和眯缝的眼睛非常完美地演绎出了这种人物特点。

姜惠贞小姐的魅力是什么？

就是她稍微卷翘的上嘴唇。导演们大都注意观察即将要一起工作的男女演员的容貌，并思考应该如何刻画相应人物，然后会在现场利用这个特点。例如在影片里刘智泰望着姜惠贞的那个镜头，从侧后方拍出她的面部特写。在那种角度下，她那微翘的上嘴唇不是一般地有魅力。那个镜头，在剪辑室里也引起了轰动。

除了嘴唇还有其他的吗？

首先她能听懂我说的话，这一点非常重要，要演好角色就得明白导演的想法吧。其次，演技一点儿都不拖泥带水，就是说，不做多余的动作和表情。以她那个年纪，能做到这份儿上的人很少。

《老男孩》以"惊人的反转"为卖点积极吸引观众，究竟是什么样的反转，能透露一点儿吗？

当然能。直到最后，崔岷植才得知这一切都是梦境。醒来之后，

他发现自己被关在一个地方，那里有看不到尽头的长长的走廊，走廊两边是数不清的房间，他被关在其中一间，那里是彻头彻尾的"地狱"。这是结局吗？当然不是。每间房都有一个通往另一间房的门，但当你走进那个未知房间的一瞬间，你就会被残忍地杀害。因为刘智泰正在那里等待。崔岷植和刘智泰展开最后决战。很快，崔岷植意识到刘智泰是在幼儿时期因分离手术死去的连体双胞胎，确切地说，刘智泰是他潜意识中的犯罪意识投射出来的虚拟人格。随之，他又意识到只要自己活着，这个人格体就不会消失，于是企图自杀。在崔岷植自杀前夕，刘智泰也突然意识到自己可能是个"幽灵"，于是钻进了姜惠贞的体内。幽灵附身的姜惠贞非常坦然地走进男浴池……

真不愧是可与承勋的漫画相媲美的精彩故事！有种会引起轰动的预感。

（一脸蒙）承勋应该很荣幸吧……

最近在某日报的采访中说过这样的话吧？（拿出从报纸上剪下来的纸片）"……我当然知道高票房公式，只不过是不想放弃自己的本

色而已。"我想知道这种自信源自何处。

因为那位记者问："为什么总喜欢发表一些别人从不会说的言论？"所以我就这样回答了。其实我想说的话是这样的："当然会有更符合商业模式的安全企划方案，但我还是要拍我自己喜欢的电影，没办法。换个说法，娶媳妇最好娶富人家的闺女，或者特能挣钱的女人。可无论怎样，还是爱情至上吧，不可能只看条件就结婚啊。"这才是事实。我知道他没有恶意，但还是深深地伤害了我。在这里，不妨再引用一下《老男孩》的台词吧："请记住，无论是沙砾还是岩石，都一样会沉入水中。"

接受采访是不是很辛苦？

采访会侵蚀我的灵魂。为什么？因为被问到的永远就是那几个问题，我只能几十次几百次地反复回答相同的问题。我一边重复那些老掉牙的回答，一边心想"真是让人感到不好意思、难堪、腻味和羞耻的话语……"总有一天，电影公司的合同书上会注明如下条款：甲方不能强迫乙方接受任何采访。

那是不是太过分了？

从根本上来说，我想成为只在电影层面讲信用的导演。那才是我的目标。

听说您最近胖了许多，所以摄影记者们说很不上相，是否出于这个原因？

我正经八百说话的时候，您能不能认真点！

不接受采访……莫非高票房公式让您格外自信？

（哀求）动动脑子就知道了，难道我疯了吗？如果我真知道公式，还有必要这么声张吗？藏着掖着还来不及呢。张俊焕导演，我真没说过那样的话。公式是什么鬼？我压根儿就不懂，所以拜托你别再打电话骚扰我了。还有各位，借此机会我想明确地表明一点，我非常喜欢钱！

电影马上要上映了，您有没有做那些赚得盆满钵满的梦啊？

有啊！梦见有一只老鼠爬上了贴着我们电影海报的墙，然后一下子粘在了标题栏左边……怎么样，是不是很厉害啊？

老鼠……吗？那有什么……寓意吗？

还不明白？唉，真让人着急……OLD BOY 前面加个 G 是什么？不就是 GOLD BOY 吗……这简直就是大吉的征兆，根本就是百万票房啊！百万！哇咔咔！[1]

---

1. 结合前文，作者认为老鼠粘在标题栏左边的形状像个"G"。

Park Chan-W

Montage

ok

3

仅因为个性

关于 B 级片

各位读者，大家好！

进入正题之前，我想先说明一下我之所以写这样一篇文章的缘由和文章的性质。从电影视角来解释的话，跟伍迪·艾伦经常使用的手法类似。比如，他在《安妮·霍尔》的开头说了这样的话，大概内容如下：

我们就像抱怨某家餐厅既不好吃量又少的客人那样，会抱怨人生苦短。但如果真的那么痛苦，又为何渴望它再长点呢？就像那些明知自己很差，却还不愿加入愿意接纳自己差评俱乐部的人那样，我也对自己的女人有着扭曲的视角。那么从现在开始，我将向您解释为什么会变成这样。

再举一个例子，《人人都说我爱你》是一部与普通观众的生活相去甚远的关于富人们的电影，下面这番话是导演的一种辩解："这部电影与传统音乐剧式的喜剧有所不同，因为（作为主角的）我们家族非常富有。"

总而言之，我的开头也可以看成是一种辩解。先从结论说起的话，亲爱的朴恩实总编给了我一个相当没有常识的托付。之所以用

"没有常识"来形容，是因为他根本没留给我写东西的时间。跟往常一样，他又给我灌迷魂汤，言不由衷地说只有我才能在如此紧迫的时间内交出文稿。我最讨厌这种人。据我所知，这种人不仅稿费给得非常少，还会在截稿前拼命地催稿，《巴顿·芬克》那部电影我可没白看。

都怪自己在酒席上精神萎靡，既然都答应人家了，那就只有一个办法——为了避免他重蹈覆辙，给他一个警醒，让他知道在紧迫的时间里仓促赶出来的文章究竟有多糟糕。就像《巴顿·芬克》电影中诠释的那样，如果非逼人家写东西，说不定就会出现连环杀人案。

说到这里，很想引用电影史上最优秀的箴言家让 - 吕克·戈达尔的话："导演通过电影表达自己的想法时，最有效的方法就是直接说出来。"我最尊敬的韩国导演金绮泳在他最具独创性的 B 级片代表作《追逐杀人蝶的女孩》中有一句台词："意志！只要有意志，绝对不会死！"这句台词在本片中重复了近百遍。

弗朗西斯·福特·科波拉也以"我相信美国"的台词作为电影的开头，还有科恩兄弟的《米勒的十字路口》开头直言"我说的是友情、性格和伦理"。

而我最想写的就是直言不讳。除了前面特别要给朴恩实的教训之外，我还会向广大读者保证，我定不会让大家失望，绝对值得期待。众所周知，B 级片是低成本电影。为什么不直接说成是低成本电影，而非要叫 B 级片呢？其中隐含着非常具体的历史性和美学。在20 世纪 30 年代到 50 年代间，美国出现了两类电影，多位明星出演、

拍摄规模很大、大投资的 A 级片，以及一个明星都没有而且没什么
壮观镜头的 B 级片。

所有现象都有它的物质基础。当时美国影院放电影之前，都会
像韩国影院播放《大韩新闻》那样先放映新闻或动漫。[1]于是有人建
议，与其放一些无聊的片段，不如给观众赠送一部完整的电影。在
除了电影没有其他娱乐项目的当时，不管赠送的电影多么荒唐，掏
一份钱看两部电影始终是件很有吸引力的事情。直到如今，到恩平
区桃源剧场看电影还是能遇到这种事，以惊人的眼光挑选的两部电
影总是充满了诱惑。总而言之，这是一举两得的好事情，观众可以
免费看电影，而电影院也可以吸引更多观众。

那么，电影公司的立场又是怎样的呢？对于他们来说，这不仅
仅是一件好事，还是非常鼓舞人心的创新经营。

第一，B 级片的票房收入不是在上映结束后以百分比的方式结
算，而是先预定，即按照一定的价格提前预售，先收款后交货。所
以从全国各影院收取全部资金后在其额度内（当然是先留下足够的
利润）进行电影制作，所以无论如何都不会赔本。B 是一种保本式的
买卖策略，A 则是赌注式的赚钱游戏。

这种做法是能够弥补电影产业赌注性质的最好方式。况且，当

---

1. 1953—1994 年，韩国政府每周会制作新闻节目在电影院播放。

时的好莱坞明星们个个都是一出演就能保证创收的大腕儿，可不像如今的演员，明明不能保证票房成绩，还拿走高昂的酬劳。可见当时的大众电影公司挣钱多容易啊！

第二，B 级片是可以积极利用闲置人力的媒介。当时的情况跟现在不一样，那时候的演员和制作团队都跟专业的摄影棚签订劳务合同拿薪资，但不是人人都可以拍 A 级片。在这种情况下，一年拍数十次、数百次的 B 级片就成了香饽饽。当时的好莱坞周围有的是电影领域的失业者，单从创造就业机会这一角度来看，这是对社会非常有益的事情，它能够让游手好闲但照样领工资的员工们发挥自身价值，能够训练那些没有什么行业经验的新人，同时也是傲慢无礼的人们被流放的地方，更是那些寿终正寝的巨头颐养天年的养老院。

第三，B 级片是攻略夹缝市场的前哨基地。A 级片的目标是制作所有人都喜欢的电影，但是这种普遍性却隐藏着巨大的陷阱。就像不是所有的咖啡爱好者都喜欢星巴克一样，无论在哪里都存在着不喜欢普遍性的少数人群，这是任何一个市场都会存在的事实。即使如此，如果您以为好莱坞顶级电影公司的老板们想的都是——那些早已对一成不变的明星系统，千篇一律的故事情节，五官立体的人物形象，一模一样的圆满结局，始终安于现状、拥护现有体制、心存男性优越主义与种族歧视等非批判性保守主义厌烦的人也有权利看电影，那么我只能说您太不了解生意人的心思了。实际上，如果将拥有各种取向的少数观众汇集在一起，其人数也是相当可观的，错过了未免太可惜。

因让 - 吕克·戈达尔执导的《筋疲力尽》出名的 Monogram 是传说中的 B 级片制片厂，这家制片厂的老板史蒂夫·布罗迪给出了非常明快的说明："并不是所有人都喜欢吃蛋糕，有的人就喜欢吃面包，甚至有些人相比刚烤出来的面包，更喜欢吃干瘪的面包。"

当然，也不是说所有的 B 级片都非常精彩，恰恰相反，大部分都是垃圾。从企划到上映仅一个月时间，在短短半个月内做出来的电影能好到哪里去呢？B 级片数量非常可观，但极少出现杰作，而那些杰作跟投入庞大资金的大片相比，往往散发出出乎意料的品质之美。雅克·特纳在拍完奥逊·威尔斯的《伟大的安巴逊》后，利用既有的拍摄场地随手拍了另一部片子《豹族》，它的收入相当于制作费的三十倍。当然，从作品的价值来看也是绝不逊色的杰作。正因为是杰作，后来还启用了当时最著名的明星娜塔莎·金斯基重新翻拍。其实最近好莱坞翻拍的大部分作品都是以当年的 B 级片作为母本的。

譬如雅克·特纳导演的《豹族》，以及《变蝇人》《死亡漩涡》《天外魔花》《异型基地》《谍海军魂》《魔童村》《火星人玩转地球》《长骑者》《恐怖角》《怪物》《邮差总按两次铃》《科学怪人》《德古拉》[1]《变种 DNA》《异形奇花》《赌命狂花》……这些作品具有即使过

---

1. 1931 托德·布朗宁执导的版本。

了数十年也毫不褪色的生命力，只是技术上有所欠缺而已，所以好莱坞可能认为只要重新包装就能再次商品化。可见传承至今的好莱坞名作很多都是 B 级片，这一点说明什么？决定成功与否的是才能，而不是金钱。这是在艺术与商业领域共通、唯一且永恒的真理。

这是当时好莱坞用最少的钱与最多的才能完美结合的一种方式。因为随便怎么做也不会有任何损失，所以制片公司老板和企划者们并没有给 B 级片制作团队施加太多压力。换句话说，就是变相放任了。只要不需要更多的钱并按时交片，就万事大吉！还有一个原因，就是所有的 B 级片都是类型片，西部片、恐怖片、黑帮片、色情片、科幻片……既然追求拍摄速度，这些电影也只能走类型片的路子。因为得用既有的拍摄场景、已做好的服饰、不知用了多少次的道具来拍片，关于这些情，境蒂姆·波顿导演已通过电影《艾德·伍德》做了精彩演绎。

一些心存猫腻的导演也许还能从中感受到自由。说得夸张一点，这是一个发泄通道。在生意人的死角地带陆续长出美丽的毒蘑菇。非凡的人们抱怨连天的时候，懂得感恩且能够灵活运用这些条件的少数天才陆续创造出了 B 级片杰作。这些作品虽然拍摄资金捉襟见肘，但正因为贫穷才显得更加美丽，正所谓好的坏电影。

不是说美学源自经济学吗？意思是说，如果物质条件不同，那么就会产生不同的美学。换句话说，低预算电影自然会产生其特有的美学。不要单纯从经济学角度去理解低预算电影，而应该用独特的美学视角去理解。B级片制片人应以人情味战胜大片，要以一路走到黑的倔强战胜完美的技术。无论如何也要创造出不同，只有如此才能凸显出有别于高投资电影的价值。第一是个性，第二也是个性，唯有个性才是贫穷艺术家的武器。（现在明白我为什么在摇滚音乐杂志采访时谈及B级片了吧。）有一个很好的例子。威廉·卡斯尔有一个代表作，叫《夺命第六感》，这部作品引发了史上最臭名昭著的观影丑闻。影片中的怪物杀害电影放映员的一刹那，电影一度中断，让人以为正在播放的《夺命第六感》突然中断了放映，然后银幕上走过长得很像蚯蚓的可怕怪物，观众们完全被蒙蔽，以为这是真实情况。还有一个就是从水龙头涌出来的血水填满了浴缸，那一刻黑白电影突然变成了彩色，剧场顿时一片混乱。是不是很惊人啊？这些还都是50年代发生的事情。

可见，通过B级片式的美学，可以实现现代低成本独立电影的可能。掀起超低预算电影热潮的《杀手悲歌》中出现了这样的场景：
电影开头主人公马里亚奇走进了村庄，他在村口地摊旁边吃着杧果。
剧本里原本写的是花钱买的杧果，但时间紧迫的罗德里格兹导演来
不及拍掏钱买杧果的镜头，所以用旁白"白吃的杧果……真是个宅
心仁厚的村子，有种会走运的预感"代替了这个片段。但在那之后，
他遭遇了一场噩梦般的现实。如果拍摄《落水狗》的塔伦蒂诺有足
够的钱和时间，那么抢劫宝石店时应该可以拍出炫目的枪战以及追
车的场面吧？如果这样的话，也许这部电影根本无法获得"世纪末
电影的真正出发点"的美誉。策划犯罪的场面之后，犯罪过程被省
略，直接出现被警察通缉的场面，这种非常大胆的故事情节恰恰就
是让所有评论家和影迷为之疯狂的地方吧？对于低预算导演来说，
真正需要的就是这种能够将恶劣的条件转变为独创性表达方式的转
祸为福的技术。现在写这篇文章的我当然也需要这样的才能。

　　如上所述，我大致说明了一下之所以写这篇稿子的背景和文章
的性质。现在我们正式切入这篇文章的正题吧，就是关于前面我说
过的那个教训。哎呀！怎么办？约稿字数已经满了……没办法，各
位，我只能道别了。

我爱的B级片

《男人的争斗》

因为麦卡锡主义盛行而被迫离开美国的朱尔斯·达辛，在巴黎绽放了黑色之花。没有一句台词，只是不断出现宝石店的抢劫片段，观众在抢劫过程全部结束之后才得以喘口气，整个过程长达30分钟。

《死吻》

描写的是卑鄙冷酷、厚颜无耻的侦探，是最具"迈克·哈默"风格的迈克·哈默。用极端的反差表现出来的黑白画面如实地展现了冷战时期独有的风景线。

《追逐杀人蝶的女孩》

金绮泳，如果非要出生在那个时代的话，何不选择法国或者西班牙呢？如果非要选择韩国的话，晚生40年也可以啊。

《泽丽丝与伊莎贝尔》

本片讲述的是跟佛兰德斯绘画所蕴含的"慵懒与寂静"这一传

统风格形成极大反差的颠覆性故事。如果阿仑·雷乃是对同性恋情感兴趣的人，抑或大卫·汉密尔顿是个天才，那么也定会拍出这样一部电影的。这部片子又有点儿 B 级日本少女课外班动漫的影子。

《电钻杀手》

主角是由导演亲自扮演的年轻艺术家。在纽约夜空中响起电钻的金属声。直到 30 年后的今天再看，剧本、拍摄、音乐都毫无违和感。

《东京流浪汉》

最纯粹的铃木的世界应该就是这样的吧。在艺术家的自我意识尚未超越作为匠人的责任感时才会有的活动照片之快感。

《暗淡的星》

看过这部短篇电影的好莱坞发行商对此做出了这样的评价："再多拍几分钟就能在影院上映了。"那是约翰·卡朋特和丹·欧班农正式出道的瞬间。

《解决者》

李斗镛应该尽快被重新发现。艺术电影《皮膜》，大作《最后的证人》固然是杰作，但这部影片的冷酷无情才是李斗镛的精髓。足以让人联想到沃尔特·希尔年轻时候的破坏力。

《黑色星期日》

这是芭芭拉·斯蒂尔的代表作，她也凭此片登上了邪教女神的宝座，这部影片传统哥德式的恐怖阴森场景令人难忘，是意大利式表现主义影片的杰作。

《入侵者》

罗杰·科曼有几个不同时期的杰作，但最令他自己骄傲的就是这一部。威廉·夏特纳在此片中的表演，也许是在罗杰·科曼所有作品中水平最高的。

虽非本意，但恬不知耻地……

铃木清顺的 60 年代

铃木清顺曾一年发行了 6 部电影。1966 年他非常悠哉，因为这一年他只拍了 3 部电影。据说，他拿到职业作家仅用一周写完的剧本后，25 天就完成了拍摄，再花 3 天时间与剪辑师一起剪辑，照这个速度，那一年他足足玩了 9 个月。也许从中津高层的立场来看，铃木似乎并不适合担任专属导演一职，因为他们的制片厂每周必须供应两部能够同时上映的电影！真令人难以想象。也就是说，他们每年上映 500 多部影片，这是当时日本的真实情况。

这种工厂系统甚至被称为艺术屠宰场。不过 B 级片生产线具有几个出乎意料的优点。

第一，有很多熟练的人手以及可以随时搭建拍摄场地的室内摄影棚。清顺的作品中经常出现让人叹为观止的美术、音乐以及出色的拍摄和照明。20 世纪 60 年代，他的作品大都是以正常的 80 分钟和古怪的 20 分钟为主。前 80 分钟就不用说了，即使是看起来像是稚气未脱的新人盲目尝试的后 20 分钟，也是得有足够的经验才能完成的作品。因此，中津资深老将的心理恐怕是这样的：一般导演重

复千万次一成不变的技巧和美学真让人腻味啊，清顺这个人压根儿
就是一个疯子，要求前所未有的破格与新的尝试。明明是疯子所为，
但一点儿都不枯燥乏味，试试也无妨。以黄绿色为背景，身穿蓝色
西装和白色皮鞋的男主，跟身穿白色裤子和红色休闲西装的黑帮老
大进行枪战。当然了，女歌手的礼服是蓝色的。这就是饱含乡土气
息且影响了一代人的《东京流浪汉》的故事。设计大胆的夜总会布
景和让人捉摸不透的、毫无根据的照明，以及迅速又没有丝毫误差
的摄影机动线，这一切可不是单靠导演一个人就能完成的。《侦探事
务所 23：去死吧，混蛋们！》中贯穿整部片的爵士乐魅力无穷，甚
至要超越风靡一时的好莱坞电影中拉罗·斯齐弗林和昆西·琼斯的
音乐。如果现在我们想要再现《花与怒涛》中的压倒性场面，恐怕
光拍摄就得用掉一百天了吧。

　　第二，如果日程安排没有那么紧张，一些荒诞镜头是完全可以
预防的，这就是所谓的"即兴之美"。如果演员和剧组工作人员事先
知道下一个镜头的大概内容，那么导演就难以保持权威感，所以清

顺是绝对不会提供分镜头的。在细致、深思熟虑、费尽心思的环境下，绝不会出现如《杀手烙印》般不可思议的进展。世界上任何一位教练都不可能事先设计出那样荒唐的梗概。在未做计划的情况下，赶时间拍摄，所以镜头不足，怎么剪辑也难以连贯起来，于是要么出现很多突兀的情况，要么大概糊弄一下，然后赶紧换到另一个空间。因此，最有效的结构就是快速交叉。因为即使镜头与镜头之间没有完美地连贯起来，也可以进行剪辑，其结果就是影片出乎意料地充满了动感。

清顺的电影都是如此。譬如《关东浪子》，观众还没有弄清状况，电影就莫名其妙地结束了，不可思议的是这种结尾反而给观众留下了奇妙的余韵，这同样也是出乎意料的一种结果。明明演得不够火候，却仍然通过；即使人物动线乱套了，也不去理会，就这样诞生了非常独特的节奏感，在任何地方也找不到的奇特的节奏。这也太匪夷所思了吧。与其说是有意识地制作，倒不如说是无意识地创作，是一种后知后觉。除此之外，也有不少手忙脚乱拍出来的电影给观众带来很多感动的例子。比如《东京流浪汉》中的"蝮蛇"，明明是右脸被开水烫伤了，可几个月后再次出现时，伤疤居然是在左脸上。看到这一情景，观众定然会拍手称快。

第三，作者的个性和制作人的要求发生冲突时所引发的矛盾能够成就精彩。换句话说，是将纷繁的人情世故通过有限的几个角色和情节进行概括的一种"回归主义"。与之相反，作家则需要多样性、复杂性、独创性和微妙的感觉。清顺是如何协调这两者的呢？他并没有去协调，他选择了冲撞而不是和谐。

一开始只是作家个性的体现，但很快就与题材的惯性发生了冲突，到《杀手烙印》时甚至有了破坏性。说到这里，追求题材带来的快感，也许并非故意使然，而是早已被内化，但这两种因素并没有和谐相融，而是引起了分裂。两者躲躲闪闪、相对咆哮，为侵占对方领土而虎视眈眈。这一点在摄影棚中也暴露无遗。他在60年代拍的电影都有户外景地拍摄部分和摄影棚拍摄部分，他在这两方面都发挥出了非凡的实力。他跟为了使这两个空间能够更加自然地融合在一起而全力以赴的其他导演不同，他力争使两者彻底分离开来。这完全是因为照明，因为在野外他很难应用自己超级喜欢的瞬间照明变化技法。清顺的电影照明都是带着声音的，不妨看一下《东京流浪汉》中三个阶段的色彩变化，每当这时，我们就能听到那个光芒发出的声音，以及能够代表主人公心境的旁白。《关东浪子》里，在赌场的刀光剑影中，涂着窗户纸的几扇门同时向外倒下去的那一瞬间，背景突然变成红色；《侦探事务所23：去死吧，混蛋们！》中，在象征月色的蓝色照明下走进有赤红色照明的房间时，我们仿佛能够听到比伯纳德·赫尔曼更犀利、比霍华德·肖更具冲击力、比丹尼·艾夫曼更幽默的音乐。每当这时，我们都会被卷入幻想的黑洞。如果容许这样的矛盾语法，可以说，那大概就是"布莱希特风格的幻想"空间。即核心表达缺失的混乱局面，是核心表达的分散与空洞所引发的混沌状况。

当不断滋长的模式化欲望到达临界点的那一瞬间，清顺将角色、故事情节、结构，以及所有的真实性与一贯性通通抛却，改用狂热引爆自己。拍摄场地的白墙外面挂着绿色的月亮，被截断后涂成红色的树狰狞地守在那里，在这样一个空间里，所有的角色都聚在一起互相道别。这原来就是《关东浪子》的结局，但被制片公司删掉了。新拍的结局毫无疑问是没有任何悬念的，那就是主角在心爱的女人面前跟恶党展开激战的戏。同时，使老套的故事与人物形象与风格彻底吻合，就是这部电影的战略，所以，清顺把本该非常惨烈的场面拍成眼花缭乱的卖弄也没什么奇怪的了。中枪的恶棍以非常夸张的动作倒下，从他手里掉下来的手枪打在钢琴键盘上奏出的旋律变成了电影音乐。还有，把手枪抛向高处后，再接过来进行射击等。事实上，当观众看到主角把敌人悉数打败之后，只是轻轻地拥抱了片刻心爱的女人，然后留下一句"我不能跟女人一起走"便飘然离去的样子，不可能会产生共鸣。我觉得他之所以离开那个女人只有一个理由，因为电影片名为《关东浪子》，只有这么处理才会显得更潇洒。电影里不断出现主题曲的歌词："无论身处何方，他永远都是浪子，永远都在彷徨，永远都是一个人。明天又会在哪里？唯有他的爱人——风才知晓。流浪、再流浪，直到东京的回忆消失无踪。啊！浪子，来自东京的汉子（重复副歌）。"当然了，我们也可以说《关东浪子》借助黑帮题材呈现了"厌倦父辈的伪善与贪婪并失去最终价值而彷徨不已的 20 世纪 60 年代年轻人的情绪"，但我认为这仅仅是一种说辞罢了。

《流浪者之歌》或《梦路》等后续电影都没什么明确的故事梗概，相比之下，中津时期铃木清顺的电影至少还能概括主要内容。但总的来说，都没什么深远意义，因为他的作品都极其通俗。隐退的黑帮老大被卷入一场是非中，或者高中的混混们莫名其妙地打起架来，这些故事能有什么意思呢？《杀手烙印》也是一样的，我们发现，如果艺术通俗到极致，就会突然变得不协调，这一点在这部电影里也不难发现。想象一下，戴着墨镜的杀手们坐在酒吧里谈论"我是第三，你是第几？"或"我得快点拿第一啊……"等台词的镜头吧，时而还会掺杂"酒和女人能害死杀手"等听起来很装腔的话。接了一个单子，结果那根本就是阴谋，在对决中同归于尽。电影中还出现了两个背叛的女人以及死得很惨的酒精中毒的杀手。主人公非常喜欢做饭的味道，一有空就会打开电饭锅使劲吸气，至于为什么，就不用问了，导演肯定会说，总比喜欢丁骨牛排要好吧。在记者见面会上，他居然堂而皇之地说那是为了强调杀手是日本人，但这根本就没有说服力。就算是类型片，日本哪有那么多杀手，随便在什么地方都能拿出长枪和机关枪胡乱扫射，并且还是大白天就展开巷战呢。电影里的主人公就算受到了袭击，也不忘先戴上皮手套，他的枪是塞吉奥·考布西的意式西部片《伟大的寂静》中简－路易斯·特林提格南特用过的旧式毛瑟枪，在上面"咔嚓"安上步枪后

用枪托来使用。故事情节无论怎么看都是剽窃了加文·莱尔的小说
Midnight plus one，简直就是史上最国籍不明的一部片子，居然还敢
恬不知耻地说那种话，真是太让人无语了，难怪会被解雇。这就是
引发中津电影制片公司解雇铃木清顺事件的那部作品。

　　作为摄影棚的专属导演，他在一家公司拍了 42 部电影。也许是
厌倦了每天都复制相同的类型片，他不知从何时起在每部电影里都
会掺杂几处非常独特的镜头，结果到这部《杀手烙印》时没把握好
度，勇于尝试的精神吞没了类型片应有的特性。当极端的通俗性遇
见极端的尝试性时，出现了一个四不像的、古怪的、变身的合体产
物，可以说，这又是一个新的极端。基本上前后 20 分钟按照公司提
供的脚本拍摄，中间的 50 分钟插入了毫无关联的前卫电影。面对这
种作品，哪位制片人能心平气和呢？只能当即宣战。这件事情甚至
引发了电影人的示威，一直以来都带着 B 级匠人头衔的清顺，顿时
变成了邪恶的创作人。声讨不懂艺术的无知资本家的声音似乎还在
耳边回响，但从另一个角度来看，我能理解当时的情况。我们不应
该只关注"自由爵士警匪片""变态杰作"这些评价，而是应该用自

己的眼睛确认那位中津社长的愤怒以及铃木清顺在这部电影里都做
了些什么。过分跳跃的镜头、捉摸不透的故事、不可思议的情节设
定、以非现实性照明与粗糙为傲的特殊效果、荒唐的台词与毫无必
要的深刻范儿……这么说吧，就像金绮泳写脚本、李大根主演、赛
尔乔·莱昂内执导、戈达尔剪辑的电影。

　　和著名导演清顺一样兼职演员与导演工作的北野武、在美国大
力宣传清顺的昆汀·塔伦蒂诺、模仿《杀手烙印》拍摄两个主角举
着手枪长时间怒怼的《喋血双雄》的吴宇森、抄袭片中人物击中水
管来暗杀人等好几个场景的《鬼狗杀手》的吉姆·贾木许、拼命收
集清顺电影原版海报的佐恩等，他们哪怕只是看过一部清顺的电影，
都会以这样的方式评价他的电影：我的经历分成两个时期，那就是
看铃木清顺的电影之前和之后。

但丁的围城

威廉·卡斯尔

　　虽然被大多数人无视，但我认为在 1993 年的美国电影中，最有趣的莫过于《马提尼》的剧本。它不仅是一部非常优秀的作品，从题材来看，也充分展现了出色的自我模仿手法。从某种意义上讲，这部作品涵盖了美国电影的广泛层面，呈现出一种电影史学者般的热情。导演乔·丹特回到一开始制片人（丹特的老师罗杰·科曼曾表示，他更想把自己的孩子们培养成导演，而不是电影制片人）生涯的时点，想反省一下自己踏入电影行业的初心。按照乔·丹特的介绍，以《马提尼》为导图，发掘一下杂草茂盛的无名古墓吧。那里有很多陪葬品，我们或许能填补电影历史上被遗忘的环节。总而言之，这篇文章相当于是与 B 级片和 Cult 电影相关的粗劣家谱。

　　《马提尼》中约翰·古德曼饰演的电影导演劳伦斯·伍巴斯是以威廉·卡斯尔为原型创作的。卡斯尔拍摄电影的种种装备和手法在《马提尼》中被反复上演。总而言之，威廉·卡斯尔才是能够正确理解《马提尼》的那把钥匙，也是整个故事的躯干所在。

　　威廉·卡斯尔是从 1943 年开始整整风靡了美国 30 多年的典型 B 级片创作者。他一生执导了 59 部在影院上映的长篇电影作品，

并制作了 25 部电影，相当于美国乙级职业联盟中的希区柯克。当
时，电影导演的名字比电影的名字更早出现在字幕中的除了希区柯
克之外，就只有威廉·卡斯尔。他既是题材的改革者，又是效仿者。
1959 年，他推出了大热之作《猛鬼屋》，这部电影刺激希区柯克于
1960 年制作了《惊魂记》，至此，希区柯克声名远播。之后卡斯尔又
剽窃了《惊魂记》，于 1961 年创作了《杀人》。后来，罗伯特·奥尔
德里奇拍摄的《兰闺惊变》与卡斯尔的抄袭作品《狂人拘束衣》相
继问世，而后者的编剧居然是《惊魂记》原著作者罗伯特·布洛克。
叼着雪茄坐在导演椅上的胖子的剪影是威廉·卡斯尔的标志。恐怖
与惊悚类型电影的两位巨匠，都喜欢客串自己的电影，这也是人们
喜欢拿来比较的原因之一。

　　许是话剧导演出身，卡斯尔非常擅长利用剧场空间，但这并不
是一件值得惊讶的事情。他 18 岁就开始了职业生涯，不久后他成为
天才导演奥逊·威尔斯引领的剧场的专属编剧。当时的台柱演员是
在 Cult 电影导演托德·布朗宁执导的《德古拉》中饰演吸血鬼的贝

拉·卢戈西——他是电影史上首次饰演吸血鬼伯爵的演员。之后低预算电影匠人威廉·卡斯尔在一年内连续发行了四五部囊括各种题材的作品（罗伯特·米彻姆的出道作品《陌生人的婚礼》是黑色电影。卡斯尔制作的 1945 年版《大盗狄林杰》是部经典的警匪片，这两部作品都是由《荒漠怪客》的编剧菲利普·约尔丹编写的），但其中最受欢迎的还是恐怖电影。卡斯尔跟奥逊·威尔斯再次相遇时，威尔斯是《上海小姐》的制作人。之后，他靠着让 20 世纪四五十年代的孩子们陷入恐惧的电影化作品 *The Whistler* 系列（本剧的剧本由推理作家威廉·艾里什执笔，他曾为希区柯克的《后窗》以及法国新浪潮导演弗朗索瓦·特吕弗的《黑衣新娘》提供剧本）与 *Crime Doctor* 系列发家。自那以后，卡斯尔在电影界的"恶名"因他特有的电影外在手段而变得更加牢固。

他之所以做出这样的决定，是因为亨利·乔治·克鲁佐的《恶魔》。据说，当他看到为了看这部电影而排起长龙的观众时，脑海里浮现出这样的想法：关键并非电影有多可怕，而是传得多吓人。最终，他在自己的作品《恐怖之旅》上映之际刊登了一则广告，那就是因看电影吓死的观众可获得由伦敦劳埃德保险公司提供的 1000 美元赔偿金，这种宣传方式使卡斯尔大获成功。此后，他这种非常规的做法变本加厉。在《猛鬼屋》中，观众席上有飞来飞去的骷髅；在《13 幽灵》上映时，剧院给观众发放了据说是能够看到真正幽灵的特殊眼镜；而在《猎尸者》放映达到高潮时，导演突然出现在舞台上向观众提问："想要主人公生还是死？"并让观众竖起或倒置大拇指来表示生与死。当时现场没有一个人竖起大拇指，当然了，与"让他死！"相反的结局根本就没有拍摄。

卡斯尔的戏法在《奇命案六感》里达到顶峰。拥有众多狂热粉丝且趣味独特的《篮子里的恶魔》的导演弗兰克·亨南洛特，将此片誉为他人生中首屈一指的好电影。每当恐怖镜头出现时，观众的座椅都会瞬间通电，把观众吓得魂飞魄散。不仅如此，卡斯尔还提议，如果在电影播放过程中突然亮灯了，观众就用主人公的嗓音发出尖叫。影片的内容是说每当人类感到恐惧时，脊椎里就会长出一种昆虫，唯有尖叫才能抑制昆虫的生长，从某种意义上来说，是理所当然的忠告。扮演主人公科学家的文森特·普莱斯已在英国哥特影片的摇篮——咸马电影制作公司里积累了足够的声誉，但直到拍了《心惊肉跳》后，他的形象才被完全定型，也因此得以饰演《剪刀手爱德华》里的科学家。

被罗杰·科曼和赫舍尔·戈登·刘易斯（自称是电影史上第一位呈现睁眼死亡表演的流血浪子佝偻演员）称颂为"展现真正演技的大师"的卡斯尔，似乎随着 B 级片的基础——汽车影院、同时上映制度以及白天的打折项目马提尼秀（乔·丹特导演的电影《马提尼》就源于此）的没落，消失在历史长河中，就在那时，他又推出了非常惊人的项目。当时，卡斯尔早已买下了艾拉·莱文的畅销小说版权，一心想自己执导，但在和沃纳谈判时吃了不少苦头，制作公司表示，只会使用花招的无用的三流导演无法胜任这部电影的导演工作。通过拉锯般的协商过程，制作公司只保留了卡斯尔制片人的身份，然后又去寻找一个形象更佳的年轻导演。最终《罗斯玛丽的婴儿》成为曾经拍摄《天师捉妖》的罗曼·波兰斯基进入好莱坞的第一部作品。

卡斯尔虽然赚了很多钱，但十分郁闷。正如卡斯尔本人所说，他认为自己是一座有很多房间和走廊的大城堡，而成天粗制滥造的调皮鬼导演这一角色，顶多就是城堡中的一个房间而已。他后期的作品《×计划》《你干的事瞒不了我》《好管闲事的人》《离魂惊梦》绝对不是廉价的电影。最终他落入了自己的圈套，大家都认为他只是个兜售用红蓝色透明纸做成的粗糙 3D 眼镜的商贩，却从不肯认可他作品独有的奇特魅力。也许是对这种不公的一种反抗，威廉·卡斯尔在《罗斯玛丽的婴儿》获得巨大成功后，略经调整就发行了他的绝唱《长腿人》。堪称世界顶级默剧名家之一的马歇·马叟（他曾是电影《鼹鼠》中的神秘主义者亚历桑德罗·佐杜洛夫斯基的老师）饰演救活一具尸体的哑巴木偶操控师马尔科姆·尚克斯，不可思议的是，这部影片是一部充满传奇色彩的艺术电影。

卡斯尔参与制作的最后一部作品《虫》（这部作品与另一位 B 级片导演戈登·道格拉斯的《他们！》一道，成为《马提尼》的剧中剧 Mant 的原型），原本计划当一只巨大的蟑螂袭击人类时，安装在剧场观众席上的带毛棍子就会痒痒观众的膝盖。但剧场负责人担心会发生大骚乱，不同意采用这种方式，于是他不得不放弃这个充满野心的企划。对此，卡斯尔如是说："剧场里的无数只真蟑螂会免费帮我的。"

血 的 王 位

《教父 3》

当派拉蒙公布将要拍《教父 3》的时候，大部分的电影评论家都表示担忧。这种担忧也得到了证实，电影上映后果然得到了差评。有传闻说，弗朗西斯·福特·科波拉在一家人聚集的喜宴上没完没了地提到自己荒诞无稽的传记，被誉为喜欢折磨年轻人的老人。就像麦克·柯里昂最终还是没能摆脱黑帮一样，派拉蒙拉拢死活不想回归的弗朗西斯·福特·科波拉，在榨干他最后一滴油水后无情地抛弃了他。总而言之，这根本就是不该开拍的续篇。

果真如此吗？

其实顶多算是有点儿遗憾的续篇。整个《教父》系列，我能认可的只有一点，就是人物设定与选角。但《教父 3》里，首先，汤姆·哈根不见了，这一点可谓是本系列的最大遗憾。他是柯里昂家族的律师，非意大利血统。在这个家族各个小家庭适应资本主义体制的过程中，他发挥着至关重要的作用。稳重的男人汤姆·哈根是第一部和第二部中最恐怖的人物。可第三部中把这个人物去掉了，结果让我感到害怕的人物一个都没有了。罗伯特·杜瓦尔（汤姆·哈根的饰演者）精彩的演绎也看不到了。如果认为汤姆·哈根在片中是个无关紧要的角色而被去掉，那你就大错特错了。

其次，是作为新一代教父的文森。在第二部中，科波拉认为使麦克变成企业家是合情合理的剧情，但后来意识到那是虚构的，为了对此进行反省，他创造了这样一个人物。文森遗传了父亲桑尼的火爆性格，同时又继承了麦克叔叔的无情，这使他成了一个更加复杂的人物。安迪·加西亚（文森的饰演者）虽然尽心尽力地模仿詹姆斯·卡恩（桑尼的饰演者）的表情和步伐，但是古巴出身的安迪·加西亚要想跻身"伟大的明星"之列，还有很长的路要走。

最后，就是索菲亚·科波拉。因为薇诺娜·赖德的拒演，制片方没有任何回旋余地，匆忙之间让索菲亚·科波拉上阵，这简直就是致命的失误。难道在第一部中将接受洗礼的小孩角色演得非常出彩，就能断定这个角色她也能演好吗？这不得不说是《教父3》的致命弱点。

但是，若贸然说第三部厚颜无耻地抄袭了第一部（《教父热门镜头合集》），因而就是劣质作品，那未免太过严苛和言过其实。事实上，第三部更像是翻拍作品，无论是剧情进程、氛围还是台词均与

第一部非常类似。但是对于弗朗西斯·福特·科波拉和马里奥·普佐[1]来说是有理由的,因为历史总在不断重演。

　　麦克秉承父亲"并非作为罪犯,而是受尊敬的企业家"的遗旨,致力于合法的商业活动与慈善活动。但是,看一看阿尔·帕西诺表演的巅峰时刻——麦克第一次发火的场面吧。在乔伊与阿尔托贝洛携手大开杀戒后,九死一生的麦克就如第一部中哥哥桑尼做过的那样,在厨房里主持跟同伙的会议。也如第一部中父亲对哥哥说的那样,麦克始终忠告文森不要失去理智,并主张自己不再是强盗,而是商人。这样的麦克,不知何时突然被杀气所淹没。在电闪雷鸣的一天,麦克突然火冒三丈,他像哥哥桑尼一样,以恶魔般的神情肆意谩骂。这场戏由三个跳跃动作构成,呈现出无与伦比的悲壮感。麦克无论怎样都甩不掉与生俱来的卑贱,自然也不可能成为正义的上流阶级。这一切从一开始就注定了,越是往上爬越腐败。

1.《教父》原著作者兼编剧之一。

　　过去的经历不断唤醒他内心潜在的犯罪本能，而未来要求他不断堕落。为了切断这种恶性循环，麦克只能全面清理家族事业。他的儿子托尼如愿成为艺术家，但麦克因为要背负整个家族而不能如愿以偿。"我们依然是父与子，但我不会参与您的事业。"对于自始至终不能区分家族的字面意义，即不能区分作为家族里的族长和作为家庭里的父亲，儿子以这种明快的态度宣布了与麦克断绝关系。麦克一直以为只要变成完美的企业家就能摆脱犯罪，但他这种单纯的想法遭到了现实无情地践踏。资本主义是靠武力维持的。没有犯罪，就没有名誉，也没有财富。世上哪有不沾血的钱。

　　弗朗西斯·福特·科波拉想把他的主人公们引向莎士比亚式的悲剧。像李尔王一样年老的麦克，坚信自己所处的两个世界（犯罪与事业）始终会按照自己的意愿转动，不承想这两个世界均背叛了他。就像李尔王的两个女儿高纳里尔和里根相互勾结甩掉自己的父亲一样，麦克的两个世界的敌人也是一脉相通的。就像抱着心爱的女儿考狄利娅的尸体呜咽的李尔王一样，麦克最终也只能送走玛丽。悲剧英雄们总是那样，麦克是在与自己命运抗争的过程中逐渐走向死亡的人。对他而言，无论是黑帮还是杀害亲哥哥的凶手都是他这辈子要承担的业障。麦克一边观看民俗木偶剧，一边回想父亲曾对自己说的话，不要成为任人摆布的木偶，而是要成为木偶的操纵者。他一边看表兄妹因乱伦受到惩罚的情节，一边暗下决心要阻止文森和玛丽的结合，可最终他只能直面自己才是被操纵的木偶这一悲惨事实。

第三部以麦克在梵蒂冈主教堂接受罗马教廷颁发的圣巴斯弟盎勋章开始。与第一部以女儿的结婚典礼，第二部以儿子的第一个领圣体仪式开始不同，第三部的开头体现了教父对身份提升的欲望，以及想通过代为履行神的旨意的教皇得到救赎的愿望。如果能实现这个愿望，那么家族的罪孽就能得到宽恕，满手的血迹也能洗清。故事从一开始就像宗教电影一样展开。大主教的经纶与印在麦克脑海深处的祈祷文重叠在一起。二哥弗雷多在吟《圣母颂》的过程中被麦克的手下暗杀。麦克很想将自己授勋时的弥撒，当作哥哥的慰灵弥撒，但这可能吗？《圣母颂》的剧情与最后玛丽的死亡相连。文森杀害乔伊·扎萨时被弄倒的圣母像也预示着她的死亡。当时，玛丽正走向麦克——为了抗议麦克拆散自己和文森，结果不幸中枪。她的死，是对麦克和文森杀人罪的代赎。

电影开头的圣巴斯弟盎勋章和最后的歌剧《乡村骑士》（农村骑士，即西西里的平民骑士的意思）是相呼应的，这也在暗示那份荣耀实际上是一个不祥的征兆。这部电影的各个场面都是现实的写照。麦克在耶稣死亡的场面中预感到了新任教皇的死亡。咬右边耳朵来挑起决斗是西西里的风俗，这也是文森对乔伊·扎萨所犯下的罪行。玛丽看到被抛弃的女人，便想起了自己的命运。凯（让人联想到麦克佩斯夫人的角色）同时联想到耶稣的死亡和阿尔托贝洛的死亡。特别是为了守护家族，只能杀死大夫时她的伤痛，应该跟麦克杀死弗雷多时所经历的心路历程相似。

熬过整整 40 分钟的歌剧片段，麦克终于有工夫只去关注从罪恶中成功抽身的儿子。他努力欺骗自己，假装不知道将继承王位的新儿子（文森）正在进行大屠杀。"请不要爱上我的女儿，敌人总是盯着你最在乎的东西。"他应该把这番话说给自己听，因为暗杀者的子弹打中的并非文森的爱（他已经抛弃了她），而是麦克深爱的玛丽。他不应该说这样一番话："我拿孩子们的生命发誓，再也不会犯罪了。"默认文森的屠杀就是犯罪，而这正是他拿玛丽的生命赌咒发誓的结果。

麦克在号哭，共 11 小时 50 多分钟（以时间顺序重新剪辑第一部、第二部的叙事诗《教父》，最长版本是 450 分钟）的《教父》仿佛被卷入了某个黑洞，而那个黑洞仿佛把时间也吞没了，世界顿时安静了。"凯，我为了保护你们不受恐怖之苦而付出了一切努力。""对我来说，你就是恐怖本身。"在麦克的眼前慢慢合上的门板总是预示着麦克的孤独，而在这部结局篇中，那个门板变成了麦克孤独感的一个象征。蒙克和培根所演绎的无声的呐喊、对自己的恐惧、与世界隔绝的灵魂的苦痛就在于此。

努力活出自己的男子汉

《西北偏北》

阿尔弗雷德·希区柯克真正散发出光芒的时间是从 1954 年到 1964 年这 11 年间，他通过惊人的创作力登上了事业的最巅峰。以《电话谋杀案》为起点，陆续推出了《后窗》《捉贼记》《怪尸案》《擒凶记》《申冤记》《迷魂记》《西北偏北》《惊魂记》《群鸟》《艳贼》等令人惊艳的作品。天下再没有第二人能像他这样每一部电影都大放异彩，用 11 部伟大的杰作华丽装点自己的职业生涯。尤其是三年内接连推出《迷魂记》《西北偏北》《惊魂记》，这种惊人的才情简直让人瞠目结舌。更不可思议的是，《西北偏北》还是他在两部大片中放松身心的闲暇之作，简直让人无语。

这部作品可谓是介于《迷魂记》催眠般的优美与《惊魂记》阴郁的灵性氛围之间伟大的搞笑惊悚片，是最具希区柯克式风格的电影。它不仅完美地融合了悬念与幽默，还隐含着他毕生都在追求的主题。他自己也表示，如果《三十九级台阶》呈现的是整个英国时代，那么《西北偏北》则是对美国时代的写照。如果因为这部电影不像前后制作的《迷魂记》与《惊魂记》那样是小众电影，就把它当成浮躁的商业电影，可就大错特错了。

　　电影名字就已让人陷入混乱。《西北偏北》？难不成电影里有
转向西北偏北方向的交通工具？那倒没有，有的是可以看到希区柯
克巧妙设定的西北方向航线。从纽约出发，途经芝加哥和印第安纳
州，最后抵达南达科他州，这就是电影中四天的路径。另外，从纽
约的麦迪逊大道到 60 号街和广场路，从芝加哥的密歇根街往机场
方向，这些都是西北方向，但绝不是西北偏北。在地图上根本就没
有"North by Northwest"这个方位。如果是"西北偏北"，那应该是
"North-northwest"吧。就是说，这个名字并非指示方向的命令句。
不过，电影里前往南达科他州的航班是"西北航空公司"的，意思
是坐着西北航空去北边，倒也说得过去，但把这个当电影名字确实
有点儿……其中奥秘在于哈姆雷特……在第二幕第二场戏中，哈姆
雷特对罗森格兰兹和吉尔登斯吞这样说道："天上刮着西北风，我
才是发疯的；风从南方吹来的时候，我不会把一头鹰当作一只鹭

鸶。"¹ 虽然存在解释上的争议，但大部分的莎士比亚专家认同这种猜测，哈姆雷特意识到南风和东南风能给人一种纯粹、细腻、温暖的感觉，因此他想要点把戏，好把自己的疯狂归咎于周边环境。"老鹰和鹭鸶"意味着辨别力——能够辨别不同形状的物品，以及没有发狂的正常状态。希区柯克想在这里谈论一下"发狂"、外在与内在之间存在的差异，以及认同性方面的差异。哈姆雷特的台词之所以在演绎剧中剧的剧团到达时全然绽放，是因为《西北偏北》想要呈现的是戏剧性的迷惘。在莎士比亚的台词中放入"by"（North by Northwest），从而使西北航空公司登场，这只是希区柯克的恶作剧而已。或者说这个片名本身就没有任何意义。

这部影片的故事是希区柯克所有电影中最复杂的。不然的话，加里·格兰特也不会发牢骚说："都拍了三分之一，还不知道何去何从。"这部片子跟希区柯克以往的作品截然不同，电影剧本里没有原作小说或戏剧原作的影子，极具希区柯克风格的各种点子非常自然地被穿插其中。

桑希尔莫名其妙地被误认为一位名为"乔治·卡普兰"的人而遭到绑架。在联合国本部大厅里，见到汤森后，他意识到自己见到

---

1. 这里的人名和话语皆来自话剧《罗森格兰兹与吉尔登斯吞死了》。此话剧是根据莎士比亚的《哈姆雷特》创作的荒诞剧。

的汤森不是真的，真正的汤森已经被谋杀了。被当作杀人凶手的桑希尔在逃亡途中遇到了夏娃，并坠入了爱河。桑希尔在夏娃的帮助下，决定与卡普兰见面，但在约定场所等待桑希尔的是飞机机枪的扫射。桑希尔在得知夏娃居然是间谍头目维丹的情妇这一事实后，向警方投案。此时出现的美国情报机构负责人再次颠覆了状况。卡普兰是为了分散维丹的注意力而虚构的人物，而夏娃才是被政府雇佣的要员。桑希尔听说夏娃遭到维丹的怀疑后陷入了危险，于是决定发挥"卡普兰"的作用。夏娃原本计划在维丹眼前假装射杀桑希尔即卡普兰，从而重新获得维丹的信任。但是，维丹的心腹雷蒙德（爱着维丹的 Gay，嫉妒夏娃）察觉到了这一计谋，夏娃再次陷入了危机。在桑希尔的帮助下，夏娃成功逃脱，维丹一伙溃败。

在电影片头里，我们看到了纽约人忙碌的身影。在拍《迷魂记》和《惊魂记》时合作过的设计师索尔·巴斯，在天空蓝的背景中画入纵横交错的线条，然后让参与制作的人员名单上下跳动。这种忽上忽下的垂直动线，不禁令人联想到最后的追击场面和拉什莫尔山的攀岩场景。之后，这些线条就变成了曼哈顿摩天楼的墙壁。用反射玻璃制成的墙面上，映着街景。市民们似乎被这方形的玻璃窗迷惑住了。当观影的观众以为街景里的市民是被关在笼子里的家畜时，电影镜头移到了大街上——成群结队、来来回回的人群，恍如被牧羊人赶来赶去的羊群。大巴一如既往地在客串出演的希区柯克眼前关上了门，人们接二连三地从地下涌上来。那些看起来平淡无奇的

善男信女是否真的那么平凡呢？被希区柯克带入的世界可并非如此。在那些毫无特征的人群中，隐藏着很多间谍、杀手、盗贼和金发魔女。正如我们在《欲海惊魂》《美人计》《迷魂记》中体会到的那样，希区柯克眼里的世界跟我们想象中的截然不同。

　　桑希尔追杀卡普兰、卡普兰追杀维丹、维丹追杀卡普兰即桑希尔，而教授和夏娃的追捕对象则是维丹。在这一团乱麻中，我们最先发现的就是剧中人物对自我的混乱认知。正如安德鲁·布里顿说的那样，整部电影呈现了希区柯克最喜爱的"双重追击情节结构"。导演以被警察和恶棍双重追击的剧情表达自己也在寻找某人的意图，通过这种方式描绘男人被误认时的恐惧。主人公被误认为他人，为了寻找自我认同，他不断踏上旅途并冒险。剧中桑希尔一直在努力寻找卡普兰，但实际上卡普兰并不是实际存在的人物。这与在电影《迷魂记》中追赶并不存在的玛德琳的斯托克相似。桑希尔和卡普兰之间的分裂，实际上就是桑希尔自身的分裂。

　　在这部电影里，所有人都处在貌合神离的状态。桑希尔被误认

为卡普兰之后，自始至终都无法证明自己的存在。直到影片的最后，歹徒也深信不疑他就是卡普兰。起初，夏娃是偶然在火车上遇到的设计师，而后变成了维丹的情妇，之后又变成政府的双重间谍。维丹一开始冒充联合国外交官，后来在拍卖场上又冒充美术品收藏者。维丹的手下是园丁、家庭保姆和秘书，所有人都在伪装。CIA的部长被称为教授，而他的同事们则被称为漫画家、证券经纪人、家庭主妇和新闻记者等。虽然看起来全都是善男信女，但其中隐藏的真相超乎想象。

主人公桑希尔也是如此。乍一看是无罪、单纯的英俊绅士，但仔细观察这个人物，就能真切地感受到希区柯克为这个人物形象注入了怎样的立体感和生动感。首先，他是广告公司的高层，片中广告象征现代人的伪善和欺瞒。他认为世界上没有所谓的谎言，只有如广告般的"不可避免的夸张"。所以夏娃是这样认定他的："他能忽悠人们买自己根本不喜欢的东西……还能让根本不清楚他底细的女人爱上他。"正因为拥有这样的身份，他结过两次婚，但后来都离婚了。唯独母亲例外，因为桑希尔超乎想象地依赖妈妈。他在妈妈面前从来不敢轻举妄动。恶棍们误认为他是卡普兰，其实也跟他的母亲有关系。当时恶棍们远远看到酒店服务生大声呼唤"卡普兰先生请接电话"，之后看到桑希尔跟服务生说话的情景，于是恶棍们理所当然地以为桑希尔就是卡普兰。其实，当时桑希尔只是想给母亲发个电报而已。跟这样一个典型的妈宝男加酒鬼建立真诚的人际关系，从一开始就是奢望。桑希尔在火车上第一次遇见夏娃时，夏娃对他施展了露骨的诱惑，当时他感到很慌张。

桑希尔：直接的女人好可怕。

夏娃：为什么？

桑希尔：因为我的处境会变得不利。

夏娃：是不是因为你对女孩子向来都不真诚？

桑希尔：正是如此。

这样的谈话之后，互通姓名又有何用？桑希尔以自己的名义吐露出自己的全部秘密。他的全名是"Roger O.Thornhill"，火柴盒和手帕上的英文单词"R.O.T"是腐败的意思。她问中间名"O"是什么意思时他回答说："什么意思都不是，nothing。"其实这是把英文"O"当作阿拉伯数字"0"的小小玩笑，但这个玩笑实在有点儿让人不寒而栗。他曾因为把劫持人质当作儿戏而受过巨大磨难。妈妈劝他坐飞机逃走时，他居然开了这样的玩笑："万一在飞机上有人认出我，我都没有地方可藏，总不能从飞机上跳下去吧？"可事实上，他虽然没坐过飞机，但最终还是受到认出自己的飞机的袭击，可见玩笑不能随便开。最终，有关"O"的玩笑被判明属实，总体来说，"O"确实是毫无意义的存在。

因此，桑希尔的自我认同非常脆弱。他的人生过得相当虚无缥缈。谁都不相信自己被绑架后九死一生的经历，而且人们总说他就是卡普兰，这样一来，他的信念立刻开始动摇。在警察署给妈妈打电话时，他有意识地用力说出："妈妈，我是你的儿子桑希尔。"这说明他的内心充满了不安。他扪心自问："我真的是桑希尔吗？"但当头一次见到的女人亲切地喊自己的名字时，他却大声回应她："不要叫我 Roger！"其实他想说的是让别人叫自己桑希尔先生，可听的人难以意会他的这种意图。如今连他自己都否定了自己的真实身份。这种混乱局面直到桑希尔从教授处订酒时才尘埃落定，他非常爱喝酒，当时正在订波本威士忌。误以为桑希尔是卡普兰的维丹团伙企图伪造一起酒后驾驶事故来杀害桑希尔。他们灌了桑希尔很多波本威士忌。这一系列事件细思极恐，他在不知不觉中成了真的卡普兰。

连自己是谁都搞不清楚的人怎么可能准确地掌握目的地？喝得酩酊大醉的他勉强上了一辆梅赛德斯，巧的是，那辆车没有刹车，除非与其他车辆相撞，否则不可能停下来。精神不稳定，行为也不受控制，插队乘坐出租车的他不幸被劫匪绑架，强行闯入卡普兰酒店客房的他被教授关进了医院。一开始坐电梯出现的他，最后却跟杀手们进了同一部电梯。片中出现了很多类似的场景，譬如在麦迪

逊大街上的阔步前行与逃出联合国大厦的镜头，玉米地上的飞机与飞往南达科他州的飞机，前往芝加哥的火车与最后回到纽约的火车，去往汤森家的警车与从芝加哥拍卖行去往机场的警车，这一切都一一对应。甚至在玉米田高速路上，在桑希尔面前被关上的大巴门和之前希区柯克经历的非常类似。为了强调因为混乱和灾难而不断栽跟头的桑希尔的境遇，所有的旅行路线都呈现出双重形态。

　　他每天都在被追击，但从不知道下一步要去往哪里。所以教授的女秘书会自言自语："拜拜了桑希尔先生……不管你在哪里……"夏娃一边从藏身处救出桑希尔，一边开玩笑说："出来吧，无论你在哪里……"他是个没有根基的人，我们看到的净是他通过各种交通工具出行的情形，从未见过他的居所。桑希尔不断被追击的情形，在联合国本部的鸟瞰镜头中完美地呈现出来。身背杀人罪名逃跑的桑希尔在被誉为"神的视角"的垂直俯瞰的极限长镜头中，他只不过是一个移动的点，或者说是一块污渍。到目前为止，（作为卡普兰）被毫无秩序的势力所追杀的他，终于被（作为桑希尔）有秩序的势力逼上了绝路。凡事都充满自信的广告人，如今变成了拼命逃亡的一条虫子。

这种形象延续到与夏娃相遇的火车上，以及有名的玉米地里。桑希尔前来求见卡普兰，一直以来只在封闭空间里亮相的纽约客，突然被扔到毫无人烟与文明痕迹的荒凉草原上。与社会连接的最后一班公交车渐渐远离，黑白汽车从不同方向驶来，又渐渐消失在远方，卡车扬起一片灰尘后也销声匿迹。就算身处危急时刻，也格外注重外表的桑希尔（维丹与伦纳德头一次见到桑希尔时也被他高雅的装扮所吸引）蒙上一身灰尘的样子让人于心不忍。与刚开始的镜头不同，中间的镜头都是俯瞰角度，因此，他的背景大部分都是地面。地平线似乎在桑希尔头顶上压着他。等待公交车的乡下人无心说了一句话，他说："奇怪……那个飞机怎么搞的，都看不到作物撒什么药啊？"乡下人一离开，农药喷洒机就开始靠近桑希尔。这次是以天空为背景，感觉就像充分暴露的目标，酷似被老鹰追赶的田鼠。随后，他躲到玉米地里，飞机一洒农药，他就冲出玉米地，这下彻底沦落到害虫的境地。这架飞机像电影《群鸟》中的鸟群一样，看上去并不是单纯的机械或攻击性武器。它既神秘又超然，既简单又明快，如神一般。

　　关于成为传说的片段，特吕弗曾这样说道："其实没有必要拍摄飞机镜头，那个看上去既不像样又毫无意义。可偏偏以这种方式靠近时，电影就像音乐一样会成为抽象的艺术媒体。"换句话说，这个场景可以被理解为是与正片分开的一个独立的故事情节。在日常生活中出现的不祥之兆会引发恐惧，呈现出人生的不测与不合理。弗朗索瓦·特吕弗在指出这一点的同时，将希区柯克的核心议题说成是"不合理的幻想"，对此，希区柯克承认了自己"以宗教热情探究不合理"的做法。

　　这部电影还被誉为希区柯克最出色地演绎麦高芬[1]概念的作品。在这部作品中，隐藏在塔拉斯战士雕像里的美国政府的秘密，使人生的空虚和不合理之处被推到顶峰。所有的登场人物都为了争夺这个而拼得你死我活，但具体那是什么内容，究竟有多重要，谁也不清楚。那是以拍卖形式获得的东西，有着艺术品的外观（在拍卖场上维丹用手抚摸夏娃脖子的样子，显然是欣赏美丽半身像的美术爱好者的姿态）。可在拉什莫尔山上的追击战中，它不幸跌落地面摔

---

1. 麦高芬指电影中一些剧情开始时很重要，但当故事情节发展以后，角色们本身的忠奸或爱恨情仇成为观众的焦点，前面的一些剧情渐渐变得不那么重要了，有时甚至完全不重要了。

碎，藏在其中的物品也随之暴露出来。胶片是制作电影的材料，如果说将所有要素集于一身的是影片，那么这才是不合理的极致吧。《西北偏北》的中心是空洞无物的，除此之外还有一个"无"，那就是《西北偏北》中最重要的悖论。那个"无意义"的桑希尔被他人误认为是另外一个人，问题是那个所谓的别人根本就不存在于这个世界上，于是他又变得毫无意义。或者说他是"无意义的意义"，因为他是虚构的诱饵。对维丹来说，他是必须要除去的对象，而对教授来说，他是必须要存在的对象。因为维丹坚信卡普兰是存在的，所以绝对不会想到双重间谍就在眼前。从一开始，卡普兰就是为了从人们的视线中保护夏娃而设定的搅乱视线的木偶。卡普兰是"虚无的存在"或"空洞的意义"。他也是移动的悖论。为了除掉这个存在，还是需要把"没有子弹的手枪"的，也就是需要空包弹。

还有第二个悖论。如果把这部影片视为桑希尔与他人恢复关系、寻找真挚爱情和责任感的故事，那么其方法就是个问题。桑希尔得知夏娃陷入危险后，接受了教授的委托，教授让他不要再辩解自己不是卡普兰的事实，并变成真正的卡普兰，假装被夏娃杀害。被空包弹打中的卡普兰死了，桑希尔以他人的身份，填充了他一心想要摆脱的虚构空间。为了拯救深爱的女人，他不惜冒着生命危险逢场作戏，而这与其说是桑希尔的牺牲，不如说是卡普兰的死亡。在某种意义上，这是虚构人物卡普兰的死亡，同时也是"无意义"实存人物桑希尔的死亡，而桑希尔通过这种方式的死亡获得重生。他原谅了利用自己的夏娃，从而践行了真正的爱。所以当他接受教授的提议时，脸上倒映着飞机飞过的亮光。

在卡普兰被杀的剧情之后，紧接着上演的是在树林中的重逢。希区柯克说过，因为时间太长，这部分差点儿被剪掉。何况这部分没有任何戏剧性的逆转，顶多就是已经了解夏娃身份的桑希尔，表现出为了真爱共赴未来的意志。这个镜头充分展现了希区柯克的剪辑技巧。桑希尔乘着汽车来到树林中。在这个长镜头中，希区柯克将桑希尔的全景进行剪辑。当他站到车后时，摄像机向后推进，先到的夏娃出现在镜头中。在广角镜头捕捉到的镜头中，两人出现在远景镜头的两端。桑希尔先走向夏娃，希区柯克用全景方式剪辑的镜头跟着人向旁边移动。这次是夏娃的全景剪辑，她也朝着桑希尔走去，摄影机跟着移动。这时与刚才相反，桑希尔进入镜头。而男女相拥的镜头，其目的在于探究两个独立的人格如何融为一体。无论何时，关键都在于互相靠近，希区柯克试图让观众参与进来。

在拉什莫尔山雕刻着四位美国总统巨大头像的悬崖上，桑希尔和夏娃面临死亡危机。与《火车怪客》中的国会议事堂、《破坏者》中的自由女神像一样，这威严的纪念碑象征着政治家、政府、民主主义等。但是，这些面无表情的总统似乎并没能帮助男女主人公摆脱困境，反而帮了倒忙。如同以前印在中央情报局牌匾上的国会议事堂没有对桑希尔的安全负起责任，也如同联合国本部反而变成杀人和陷害的舞台，法律和秩序的维护者们对桑希尔的人生没有任何

　　帮助。据说，把整部戏当作一种讽刺的希区柯克，试图把桑希尔塞
进林肯的鼻孔里，人为地引发喷嚏。该打喷嚏的应该是林肯，凭什
么让桑希尔打喷嚏呢？因为林肯也不外乎是道貌岸然的政治家。

　　从悬崖峭壁上险象环生地提拽人的场景（桑希尔好不容易抓住
了就要掉入万丈深渊的夏娃），跳转到在列车卧铺里美滋滋地提拽
人的场景——两人就要上床，下一个镜头会是？"《西北偏北》中没
有所谓的象征镜头。对了！还是有一个的，就是最后一个镜头。加
里·格兰特和爱娃·玛丽·森特的爱情戏之后，紧接着出现火车进
入隧道的镜头，这个镜头象征着男性生殖器。不过，这话可不能乱
说。"（阿尔弗雷德·希区柯克接受《电影剧本》采访时所言。）

复原的可能性

《银翼杀手》

在某个电视节目中讲述的内容变成了祸根。关于"戴克（哈里森·福特饰演）是否为仿生人"这一问题，我发表过自己的见解，结果有些人要求我做更详细的说明。在纠结的过程中，我无意间翻阅旧杂志，在里面看到了一篇相关的文章（*Site and Sound*，1992年12月刊上的《银翼杀手，说"差异"》），于是决定用文字做进一步说明。那篇文章的作者，其见解跟我几乎完全一致（不愧是长期对这部电影感兴趣的一级评论家）。值得一提的是，这篇文章中提到的雷德利·斯科特拍摄本片时的脚本相关信息在这之前我是真的闻所未闻。考虑到围绕导演剪辑版优越性的各种争论，这无疑是值得回味的焦点，所以决定谈谈《银翼杀手》。

导演为了1992年的导演剪辑版，删除了戴克的旁白和最后一幕，并插入了戴克的幻想。除了范·吉利斯音乐的全面改版，这三个地方的变化是再次引发争论的导火索。旁白内容原来是以逃亡之后回忆往事的方式呈现，这事实上排除了戴克是仿生人的可能性。而如今，一切寒酸的四肢全部被清除，一切假设都有了可用武之地。片中并没有出现被誉为"逃避之花"的圆满结局（此时用作背景的

航空拍摄镜头是为了斯坦利·库布里克的《闪灵》开场而拍摄的），
而是以沉重的电梯门遮住男女的黑暗画面代之，这个镜头暗示了两
人的未来不会出现任何可期的结果，加上没有任何戏剧性需求的独
角兽的幻想（是雷德利·斯科特的下一部作品《黑魔王》中的场景）
足以引起各种解读及争论。最终，导演将所有的状况都模糊化，为
电影打开了无限的可能性，在那个地平线的一端，有一个隐藏的真
相，那就是戴克的真面目。

为了清除仿生人，还要雇用另一个仿生人？这是完全有可能的
事情。正如罗伊（鲁特格尔·哈尔）所言，他们是奴隶，或者是未
来的劳动阶级。在资本家和白人农场主分别压迫工人和黑人奴隶时，
经常会动员已被收买的工人或黑人来笼络人心，这是一种历史常识。
他们对待同事的手段甚至比雇主还要残酷。要让普通的侦探去追捕
头脑比人类还要发达、肢体比人类还要强大的仿生人逃亡者，恐怕
是力不从心的事情。换句话说，戴克也许就是"未来的敢死队"。

字幕显示"银翼杀手实施的并不是处死，而是退休"，就这样，

戴克成为第一个退休的银翼杀手。他对重新召回自己的布莱恩特说，如果有必要他可以再次退休。这是否意味着仿生人的死亡呢？问题是戴克为什么那么厌恶这件事情呢？他凝望第一个退休对象卓拉的尸体时表情非常复杂，与当时就在现场的里昂相比，戴克受到的冲击似乎并不亚于里昂。相反，罗伊救活戴克时的情景也呈现出类似的氛围。他们究竟为什么同情彼此呢？

人类与仿生人之间的差异是什么？唯一的标准就是寿命。虽说可以通过"眼球测试"予以辨别，但是如果仿生人的感情足够成熟的话，这种技术也会变得毫无用武之地。"如果机器没有正常运转的话怎么办？"布莱恩特面对戴克的问题露出了尴尬的表情，他沉默不语。"是否混淆过人与仿生人"的提问，戴克也没有回答瑞秋（肖恩·杨饰演）提出的问题。

像通常被指出的那样，严格来讲，记忆的有无也很难成为一个标准。谁生下来就拥有记忆呢。正如布莱恩特所说的："Nexus-6 的优势就是时间越久，情感越丰富。记忆是用时间堆积起来的。"罗伊在临死前也说了这样的话，所有的回忆都会随着时间的流逝而消亡，犹如泪水消亡在雨中。

寿命也不是本质。遗传工程学者塞巴斯蒂安是玛士撒拉综合征[1]

---

1. 一种古怪的疾病，会加速人衰老。此症是《银翼杀手》中杜撰的一种疾病，类似现实中的"早衰症"。

患者。实际年龄仅为 4 岁的成年人罗伊和 25 岁的老人塞巴斯蒂安居然处于类似境况，他们是活不长的。银翼杀手高菲（爱德华·詹姆斯·奥莫斯饰演）甚至冷言冷语："她（瑞秋）的死虽然很遗憾，但是天下谁又能不死呢？"也就是说，两者之间没有区别。瑞秋在弹奏钢琴的过程中怀疑自己的受训记忆是否被正常移植，此时戴克说："最重要的是你依然能够优雅地弹奏钢琴。"使这部电影带有政治色彩的关键点是这种"差异的淡化"或者"边界的崩塌"。片中的戴克，是奔跑在这种差异的边界，即刀刃（冰刀）上的角色。

有时候会出现一些深思熟虑后的失误。潜入地球的 Nexus-6 一共有多少名？第一次，布莱恩特表示是四个人。但在下一个场景中又说共六个人潜入地球，其中一人因故死亡。那么剩下的一个人究竟去哪里了呢？

据说，原来的剧本中是有第五个仿生人存在的，但在最后选角时被排除在外了。那么四名之说又是怎么来的呢？（*Site and Sound* 的一位读者指出这个失误其实是有意安排的。他说，布莱恩特说只有四名仿生人的台词是事后配的音。仔细观察就能发现那个台词的语速确实相对要慢！）我们能够通过这个"失踪的仿生人"所隐含的谜底，意识到潜伏在其中的暗示。当瑞秋问，你是否接受过那个测试时，假装睡着了的人，就是戴克。

另一个大失误是瑞秋的照片。和妈妈一起拍照的那个女孩，是

被移植到瑞秋记忆中的，那个女孩并不是瑞秋，这一点更加让人感到悲伤。但是从戴克的视角来看，那并非伪造的过去。这张照片的特写镜头在最后出现，画面突然变得明亮起来，照片中的人物和树影一起婆娑摇曳着。这 0.5 秒的荒唐失误，是否能看成是导演对戴克和瑞秋之间关系的一种认同呢？还有一些人主张，电影中仿生人的眼睛，时而会闪耀红色的光芒，戴克在自己家和瑞秋一起聊天时，也会出现相同的情况。

　　她来过之后，戴克坐在钢琴前陷入沉思。这时，摊在他面前的无数张照片令他感到不安。他似乎陷入了焦虑，急于确认自己的过去。还有那个独角兽的梦，这种永生不灭的动物是否是移植到戴克脑中的记忆呢？我们没有证据可以否定这一点。短暂的寿命所拥有的夙愿让人感到难过！罗伊一伙人居住的公寓外墙上闪耀着"YUKON"字样的霓虹牌匾，这跟独角兽的发音非常相似。戴克梦中的独角兽影像与他用铝箔制作的仿真独角兽得以连接。盖普掉落这个玩具，承认自己帮助瑞秋逃走的事实，同时提供了揭露戴克真面目的线索。（原来剧本中写的是在男女逃走的场景里加上盖普拼命追击的场面。最后，瑞秋表示想死在戴克的手中。当然，戴克成全了她。）"谁能不死？"这句台词反复以回忆的形式出现，瑞秋和戴克的认同感彻底定格，就像在最后的决斗中，罗伊和戴克的手均受伤了一样。

其实在菲利普·迪克的原作小说中，泰勒和盖普都是仿生人。迪克的主人公们（《全面回忆》），以及正在筹备搬上银幕的《变种DNA2》《强植入侵》等中的人物）总是在意识到自己其实是隐藏的打手时感到绝望。既然小说的原名是《仿生人会梦见电子羊吗？》，那么电影名字是否也应该改成《仿生人会梦见独角兽吗？》呢？

2000 年，雷德利·斯科特导演表示他觉得戴克也应该是仿生人。但是哈里森·福特说，在拍片时，导演曾告诉他戴克是人类。

说了就死定了

格雷欣法则

一个少年无意中发现一位律师正准备自杀，便上前阻止，结果这位律师还是自杀了，且死前向他透露了一个秘密：参议员尸体的藏匿处。结果少年被卷入一起凶杀案中。联邦调查局逼迫他，黑手党追踪他，他和他的家人由此生活在恐怖的阴影中。幸运的是，少年遇到了一位富有同情心的女律师，在她的帮助下，用自己的机智挫败了杀手们，昭揭了案情。

当我读到约翰·格里森姆的小说《终极证人》时，我忍不住思考了一下，若我是要把这部原著搬上银幕的好莱坞电影导演，我会怎么做？这部作品光精装书就印刷了 200 万册，可见并不是等闲之作。与其说是像电影的小说，不如说这根本就是电影剧本，甚至可以说，这干脆就是由电影剧本改写的小说。约翰·格里森姆真应该先写剧本卖给好莱坞，当然了，前提是他愿意放弃庞大的潜在利润，还有作家和读者之间自然形成的、坦诚以待的意识形态上的共鸣，这共鸣也是非常激动人心的！对我而言，《终极证人》根本就是美国版的《不能实现的渴望》或者《木槿花盛开》。

如果是我的话，第一，我一定会想方设法表达对弗兰克·卡普

拉的敬意。他主张，守护美国正义的不是部长或上议院议员，而是在角落里默默付出辛劳的无名英雄们；他坚信，每一位英雄的无私奉献与牺牲成就伟大的法律和正义的最终胜利；他认为，对美国的法律和正义表示怀疑，是为了成就更高层次的肯定和拥护的策略。

第二，我将通过倒叙的方式对目击者马克与律师洛芙两个家庭的崩溃史予以积极的描绘。这个故事归根结底就是一个妇女和一个少年相识并建立了一个理想家庭。因此，不同病相怜就无法得到疗愈。坚强的女律师是正义的女神，同时也是旨在代替无力的父亲与不成熟母亲的存在。处于困境之中的少年是切实需要法律保护的市民，同时也是能够满足不良母爱的幻想中的儿子。洛芙是被前夫抢走了孩子的女人，是为受虐儿童伸张正义的职业律师。马克对她来说，就是一个能为她解决多余乳汁的婴儿，而洛芙对不幸的俄狄浦斯而言，是突然出现的爱人。

第三，我会邀请詹姆斯·厄尔·琼斯来扮演黑人法官罗斯福。在我看来，约翰·格里森姆似乎也是在这种预设下创造了这个角色。对弱者富有同情心、拥有渊博的法律知识和坚定原则的罗斯福法官和马克之间的争论，以及狡猾的检察官戏弄 FBI 的审判过程，这些都是小说《终极证人》才有的看点。在小说里，马克的父亲被刻画成非常严厉的家长。总之，直到出现上述情节，才感觉美国终于有救了。

但是结果又如何呢？无论什么样的素材都能改编成爱情剧的实力派导演西德尼·波拉克（《糖衣陷阱》），占据好莱坞左派（？）一角的偏执的阴谋论爱好者艾伦·J. 帕库拉（《塘鹅暗杀令》），以及乔·舒马赫重新打造的约翰·格里森姆的世界，这一切除了以惊人的票房创造可观的收入之外，并没有对美国的国家利益做出多大的贡献。绝妙的保守主义装置，还没来得及正常启动就已生锈，反而使露骨的右派意识形态变得更加碍眼。《捉鬼小精灵》中表现出来的对自由主义的厌恶，以及《城市英雄》所追求的美国中产阶级的排他性宣泄感，反而因为真实而更容易被观众接受。在原著中表现出强烈的环保主义倾向的参议院议员变成可憎的政治掮客，而真正可恶的政治掮客检察官则被描述为具有一定魅力的男性。而且，罗斯福法官的比重大幅缩小。浮想一下参议院议员和罗斯福是民主党党员，而检察官是共和党党员，然后再看看影片结尾对参加总统选举持乐观态度、得意扬扬的检察官，也许这并非只是"腐败的检察官，寻找被埋在腐败律师家中的腐败政治家的腐败尸体的腐败电影"，更是极右派对民主党政权的一种宣战。这是一部有猫王却没有黑手党的城市孟菲斯，与有爵士乐也有黑社会的城市新奥尔良并存的电影。

伊沃里的房子

在许多大师中，詹姆斯·伊沃里是我们不太好接受的创作者。虽然以《看得见风景的房间》出名，但他的粉丝并不多。我对这位有古典爱好的英国复古主义者没什么兴趣，但当我读到伟大的马丁·斯科塞斯羡慕伊沃里之余拍摄了《纯真年代》的报道后改变了想法，并后知后觉地观看了两部电影，一部是《末路英雄半世情》，另一部是《告别有情天》。前者由保罗·纽曼和乔安娜·伍德沃德夫妇饰演剧中的老夫妻，后者由安东尼·霍普金斯和艾玛·汤普森主演。

这两部作品除了在韩国都没人关注之外，还有几个共同点，首先，两部电影都呈现了导演一贯的创作个性，均极具文学性。《末路英雄半世情》和《告别有情天》分别是由埃文·康奈尔和石黑一雄的著名小说改编的电影。充满魅力的人物和美丽的台词几乎都是小说家的功劳。其次，电影里完美再现了令人惊叹的场景以及道具、服装等，毫无疑问，这是伊沃里和他的终身搭档——制作、拍摄、美术团队——的拿手好戏。最后，就是电影里的演员的表演非常出色。四位演员在影片中展现出来的演技，即便是放在他们已经

足够辉煌的人生履历中也会显得格外耀眼。如果你是梦想成为一名演员的人，不妨对比一下立足于斯坦尼斯拉夫斯基传统的美国演员们出演的《末路英雄半世情》，与在古典剧舞台上历经百战的英国演员们狂赛演技的《告别有情天》，对比着观看这两部作品，必定会带给你无与伦比的收获。如果每部作品只挑一个最出彩的部分，那么前一部电影可选女性角色，后一部电影可选男性角色，如果要在两部电影中非要选出一部更好的，那么当然是要选霍普金斯主演的片子。在《沉默的羔羊》之后，他非常担心自己像《惊魂记》里的安东尼·博金斯一样形象被固化，因此，来者不拒的他饰演了很多角色，直到在这部影片中演技达到了登峰造极的程度。微妙的语气差异和仅凭眼神就能表达感情的精湛演技，让看的人浑身起鸡皮疙瘩。

最后一个共同点是保守主义。我们之所以比较排斥伊沃里的电影，主要是因为这一点。据说，在英国本土也有不少年轻观众会攻击这一点，但是关于这些作品的保守性，我的看法却有所不同。当然，"Bridge 先生"是无可救药的种族歧视主义者和法西斯家长。《告别有情天》的主人公是把忠于贵族当作天职的下人。但我们要注意

的是，影片中主人公的理念和导演的理念有可能会不尽相同。伊沃
里深知这些人是无法被认同的时代悲剧人物，他们最终留下苦涩的
余韵后销声匿迹。导演的心情与其说是认同，倒不如说是同情。我
们应该怜悯伊沃里作品中的保守派主人公，就连马克思都会爱上巴
尔扎克所描写的保皇派主人公。只是导演让那些人物太具有魅力了，
这是唯一的美中不足。

该隐与亚伯

阿贝尔·费拉拉

　　我对阿贝尔·费拉拉的感情是从《中国女孩》开始的。这部 1987 年上映的影片被观众彻底冷落。我之所以关注到这部电影，是因为一个模糊的记忆，就是在电视上看过亨利·哈撒韦拍的 40 年代战争片（由韩国人菲利普·韩饰演配角的那部电影也叫《中国女孩》），还看到影片在柏林电影节上受到关注的简短报道。总之，在韩国没有一位评论家对这部电影感兴趣，自然也就没有像样的宣传，更别提有什么观众了。阿贝尔·费拉拉的电影在韩国从一开始就受到了诅咒。自《中国女孩》之后，第二部上映的杰作《纽约王》和第三部上映的《死亡游戏》也彻底报废。那些众说纷纭的独家评论都到哪里去了？虽然我没有单纯到认为这些作品在韩国也能大卖，但自那时起费拉拉的路线便深得我心。当时那空荡荡的三个电影院至今让我记忆犹新。

　　阿贝尔·费拉拉是 1951 年出生的意大利、爱尔兰混血导演。当然，他信奉天主教也相信神的存在。虽然没上过大学，但青春时期他始终是反战示威队伍的先锋。他与 15 岁时结识的朋友尼古拉斯·圣约翰一起拍摄了许多反战的短篇电影。观看《出租车司机》后，他受到马丁·斯科西斯的强大影响。后来，他终于以非营利（！）电影

《电钻杀手》在商业电影圈出道。到目前为止，他总共拍了九部长篇电影和系列电视剧《迈阿密风云》中的四部（其间包括两个插曲以及独立长篇《角斗士》，还有《犯罪故事》）。几乎所有作品都用了圣-约翰的剧本和乔·迪利亚的音乐，并根据作品风格分别启用了三名摄影师，包括维克多·弗兰克在内的几位配角演员固定出演他的作品。故事背景通常是在纽约，暴力是他一贯的主题，无论是肉体层面还是精神层面；无论是在广义上还是在狭义上，迄今为止推出的都是独立作品。他喜欢引用让-吕克·戈达尔的格言："一部电影的经济状况说明了该电影的理念。"最后，他的电影没有一部是圆满结局。

《电钻杀手》在五分钟短篇小说的基础上进行了拓展。拍这部电影时费拉拉囊中羞涩，只能在自己位于曼哈顿下城区的公寓里进行拍摄，他本人甚至以吉米的化名饰演了剧中的电钻杀手。尽管遇到了层层阻碍，但不久后这部电影却在音像商店中臭名远扬，最终跻身"邪典"片行列（也就是从那时起，费拉拉在欧洲逐渐有了声望）。由于谁都不肯购买片中画家的作品，画家的爱人提着行李走了。而隔壁房

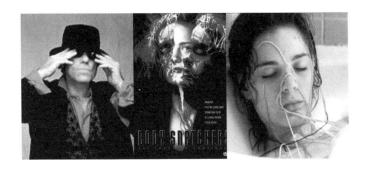

间里的粉红乐队没完没了地演奏震耳欲聋的音乐，忍无可忍的画家拿起了电钻对抗。整部电影既粗糙又杂乱，因此给人以超现实主义的感觉。虽然贯穿头盖骨的场面只出现过一次，但影片始终被触目惊心的情调所支配。被费拉拉命名为"提起笔杆子的出租车司机"的画家杀手，跟罗曼·波兰斯基的《怪房客》中的住客（令人惊讶的是，波兰斯基在这部作品中同样饰演了剧中的主人公）也非常相似，他是在备受噪声的折磨之余患上强迫症的孤独男人。这部电影被评论家们定义为"暴力的抽象艺术"，有趣的是，这部电影居然被呈现给了充满希望的纽约人，纽约人被这位 28 岁的青年深深地吸引了。

紧接着，轮到 45mm 的 Cult 发威了。《四五口径女郎》是一部拥有超人气的小众电影，费拉拉凭此片奠定了自己坚实的地位。虽然他亲口说刚开始的两部作品受到罗曼·波兰斯基《麦克白》的影响，但在我们看来，却大有波兰斯基的《冷血惊魂》和迈克尔·温纳的《猛龙怪客》融为一体的感觉。一个裁缝在光天化日之下惨遭两次强奸，她杀害了第二个强奸她的男人。她拿着俘获来的枪胡乱射杀男人，这并非离我们十万八千里的故事。本片用哑巴隐喻受到伤害也不能说出口的女性，费拉拉把所有受压迫女性的愤怒汇聚到一起后将其引爆。一位聋哑少女将被自己杀害的男子的尸体进行肢解后放入冰箱，然后每天拎一块上街，在游荡纽约角角落落的过程中将其处理掉。这部电影的整个剧情就是她处理尸体的过程，同时也是从一个"复仇天使"的（这部电影的另一个名字）视角看到的纽约地形图。无论她走到哪里，都会出现倒霉的流氓，而她射出的子弹都会百发百中。看看准备最后一场屠杀聚会的她吧，居然换上修女服轻吻枪杆，如此幼稚的女权主义人士究竟来自哪里！"这样的形象才是真正的革命家的样子"，从女主角塔梅里斯的强辩中，我们能够发现费拉拉大胆直白的道德主义。

《恐惧之城》因难得一见的汤姆·贝伦杰和梅兰尼·格里菲斯这样华丽的演出阵容而引起广泛关注。另外，电影的风格也是非常罕见的费拉拉过渡期的作品，除了单纯明快的活力，还有非常微妙的心理描写。相比武打场面，更多的是霓虹灯闪烁的深夜街头和俗气的舞曲、骚乱的俱乐部风景。这部影片的主人公与其说是英雄和恶棍，不如说是脱衣舞女郎和妓女们。不，应该说这座城市根本没有特定的主人。从一名黑人警察的视角来看，所有的市民都是连环杀人案的嫌疑人；而从老鸨的视角来看，天下没有所谓干净的主。一旦有卑贱的女人被杀，画面马上就会切换到纽约全景俯瞰镜头。在这座城市里是否存在所谓的救赎呢？当然了，自称是救赎者的人有的是，但这些人为了维护社会的纯洁而采取的方式是随意袭击红灯区的妓女们，简直让人无语。费拉拉这家伙说纽约地铁是最适合杀人的地方，即使是卡索维茨和斯科塞斯也未曾这样描述过纽约。在令人厌恶的街头发生了一场决斗，早已注定的结局像宿命般靠近。即使在决斗中获胜，也不可能有一个圆满的结局，因为这场决斗终究会变成又一起杀人案。除掉虚假的救赎者并非真正意义上的救赎。

　　经历过任意践踏家庭电视剧时代的费拉拉，开始筹拍自己最心爱的作品《中国女孩》。这是一部属于纽约底层的《罗密欧与朱丽叶》，用谩骂和枪战代替音乐和舞蹈的《西区故事》。以相邻的小意大利和唐人街流氓之间的血肉之战为背景，讲述了意大利的"罗密欧"和中国的"朱丽叶"之间疯狂的爱情故事。"中国"与"女孩"采用了竖写[1]，并交错出现，这样的片名设定，给人以刻骨铭心的痛楚。堪称最佳的外景和极致的时尚场面，始终贯穿整个电影画面。

---

1. 五四新文化运动以前，汉字是从右往左竖写的，从左至右横写是在那之后才渐渐普及开的。出于文化传播和历史的原因，西方对中国的了解一直存在滞后性，所以在《中国女孩》上映的1987年左右，西方还保持着对过去中国习惯的认知。

费拉拉将世代之间的矛盾极尽激化，刚开始，两个同样大男子主义且勤劳、对烹饪具有无上自信心（两家都经营餐厅）的移民家族被一视同仁。在异国他乡，他们是异类，在群体内的阶层等级也很相似。为了维护既得利益，不惜与敌人妥协，甚至不惜杀害同族的壮年层；被上辈人利用，却始终一无所有，且更加思念故乡的青年层；吃汉堡、听布鲁斯·斯普林斯汀、在迪斯科舞厅见面的十字头青少年层……"罗密欧"与"朱丽叶"的爱情因被卷入双方哥哥的斗争中而触礁。手持斯坦尼康闯进打手们世界的费拉拉发现了一个事实，那就是"爱之死亡"。

可等待费拉拉的是凄惨的失败。因为《辣身舞》的票房成绩令人陶醉，所以 Bestron 公司欣然投资了费拉拉的《中国女孩》，没想到事与愿违，最终还是破产了。当时电影《逐杀连环》还没有完成制作。这部影片阵容十分豪华，彼得·威勒、凯莉·麦吉利斯、弗雷德里克·福瑞斯特、查尔斯·德恩、托马斯·米兰等一众演员加上当代最佳剧作家埃尔莫·伦纳德（约翰·弗兰克海默的《52 号密杀令》的原作者）亲自改编自己的原著小说，所以是一部让人拭目以待的力作。本片以圣多明哥的内战为背景，在迈阿密展开了阴谋与背叛交织在一起的复杂剧情。以第三世界内战黑白纪录片开始的电影，不知不觉中变成了黑色电影，并通过黑色镜头剖析了政治和性爱的本质。虽然影片拍摄结束后就开始获得众多赞誉，但结果甚是扑朔迷离。影片被制作人肢解，还配了多余的音，最终美国禁止放映这部电影，在英国上映的是仅 98 分钟片长的版本，可录像带又以 90 分钟的片长售卖。这个项目就这样一败涂地。

没有比《纽约王》更能突出费拉拉特有的非协调性——极度紧张的姿态与非常幼稚的兴奋点，在这两个截然不同的极端状态中如高空走绳一般展开紧张万分的剧情。本片讲述了毒品大亨弗兰克出狱后夺回丢失的市场并建立更大的犯罪王国这一过程中与其他竞争者间的争斗。费拉拉在片中插入了多次大屠杀和两次冗长的追击战，他甚至耍赖说这部影片探索的是城市与犯罪的相关性以及种族问题，而且这是一部预示着里根经济学幻灭的电影。那么，用出售毒品的钱建设贫民救护医院的这个黑帮难道是里根吗？可当我们把焦点转向种族问题的瞬间，发现故事情节变得更加复杂了。弗兰克（弗兰克·怀特这一名字意味着"明确的白人"或"高纯度可卡因"）带领着只由黑人组成的组织，他先后征服了哥伦比亚、意大利等地的黑帮，从而掌控了整个中原。试图抓住他的警察也是白人指挥官。黑帮题材虽然有着对主人公与歹徒一视同仁的约定俗成，但我们仍然很难爱上弗兰克。在派对以及屠杀场面中，克里斯托弗·沃肯（弗兰克的饰演者）在左右脸上分别涂了象征黑帮的蓝色和象征警察的

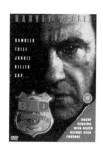

橙色。当沃肯那苍白、面无表情的脸部特写镜头占据整个画面时，很容易让人联想到地貌学，别说是投入剧情，观众早已吓得魂飞魄散了。

再次回到超低预算模式的费拉拉，又试图把一整部电影融进演员的身体里。自《圣女贞德蒙难记》中的玛利亚·法奥康涅蒂以后，《坏中尉》再次以惊人的凝聚手法通过演员的表演呈现主题。《坏中尉》（1992 年版）中的所有故事情感和道德品格只通过哈威的表情和肢体动作传递。尽管哈威经常会把最无耻的表演呈现给观众，但他不会像《巴黎最后的探戈》中的马龙·白兰度一样试图掌控整部电影。在这部独角戏电影里，哈威·凯特尔在演员工作室习得的体验式表演与强烈的自主性人格完美融合，他实现了拟写"当今时代新《圣经》"的野心。在法律的维护者最为堕落的社会里，修女在教堂被轮奸的现实里，我们的经书又有什么用？电影中的大部分情节详细描写了刑警的种种恶行，可越是邪恶反而越是接近上帝。吸毒后摆出十字架上耶稣姿势的刑警，用自己的生命赎回了强奸犯的几年徒刑，为人间垃圾们赎了罪。费拉拉的偶像马丁·斯科塞斯予以盛赞的《坏中尉》，应该是 20 世纪末最纯粹的宗教电影。

之后，费拉拉又一次厚颜无耻地翻拍了。这次他翻拍的是以电影《人体异形》[1] 的原著小说为基础而创作的《异型基地》。他有自己独特的创作方式。如今遭到外星人袭击的地方不再是村落，而是军事基地，这一点令人不寒而栗。外表没有发生任何变化，但魂魄早已被外星人操控的这支军队，居然显得比军队中真正的军人还要专业。一直以来区分人类和外星人的标准不就是情感的有无吗？已经变成外星人的司令官如是道："我们之所以强大，是因为我们相比个人更注重集体。加入我们吧，所有的矛盾和烦恼都会消失无踪。"此时此刻，我们难以分辨他说的"我们"究竟是指军人还是外星人。费拉拉不愧是曾多次扰乱警察和罪犯之间区别的老油条，索性开始怀疑人类与非人类之间的界限。居住在军事基地的民间家族，起初明明是打手，但自从受到袭击后反而被打手包围了。如果不想面对父亲和弟弟被杀的痛苦，就不能给敌军留下下手的机会。要始终保持清醒，否则世界就会变成地狱。

费拉拉的佳作继续问世。仅一年半时间，他接连创作了三部代表作品，充分展示了让人望尘莫及的创作力。尤其在《死亡游戏》中，他将偏执精神发挥到极致。在电影拍摄现场，他根本就是一个工作狂魔，他似乎下定了决心要颠覆弗朗索瓦·特吕弗的《日以继

---

1. 1978 年上映的科幻惊悚片。菲利普·考夫曼执导，唐·希格尔参演。

夜》。他说欧洲艺人的工作现场也许真的很幸福，但在好莱坞拍电影无异于在地狱里摸爬滚打。果然，哈威·凯特尔饰演的费拉拉就是"缺德的导演"。电影中带有赎罪意识的情节，反过来荒废了导演和演员们的人生。一再涉及的问题就是边界感，虚构和现实的相互渗透。无论站在哪一方，都是永恒的痛苦，无止境反复的现实中的地狱。《死亡游戏》可谓是天主教徒费拉拉的一种忏悔。但在电影中，当凯特尔向妻子承认自己出轨的事实时（在剧中饰演凯特尔妻子的人是费拉拉现实中的夫人南茜·费拉拉）遭遇了一顿辱骂和殴打，可见，要获得原谅没有想象的那么容易。费拉拉早已明白只有站在堕落尽头的人才能得到救赎，但同时也要直面死亡。费拉拉表示，影片中暴力始终都只是某种隐喻，譬如在《死亡游戏》中，暴力是渴望救赎的肢体语言。

P.S. 目前，他正在为拍摄多年的夙愿 *Birds Of Prey*[1] 和因艾滋病死亡的美国色情明星约翰·福尔摩斯的传记寻找制片人。据说，前者是以当代纽约为背景的革命战争片，后者是由克里斯托弗·沃肯任编剧的片子。

费拉拉还没开始制作 *Birds Of Prey* 和约翰·福尔摩斯的电影，

---

1. 这个电影项目最终没有拍出来。

但是，他在我写完这篇文章之后创作了《夜癮》《江湖白事》《新玫瑰旅馆》《绝色惊狂》《惊惧圣诞》《玛丽》等电影。多伦多电影节期间我和他住在同一家酒店里。有一次，我和他在服务台前相遇，可他当时喝高了，所以我就没跟他搭成话。

复仇天使

《恐怖角》

马丁·斯科塞斯的《恐怖角》虽然打破了《金钱本色》的票房纪录，但（或许因此）评论方面一直有被低估的倾向。这里有几个电影之外的原因。首先，在最新作品《纯真年代》上映之前，3400万美元是他能拿到的最高制作预算。这实际上有可能成为电影导演艺术生涯的一个瑕疵，因为艺术电影的预算一向不能太多，这是评论家的固定观念。实际上也有不少导演会用大预算拍艺术电影，譬如让·雷诺阿的《法国康康舞》、赖纳·维尔纳·法斯宾德的《莉莉·玛莲》以及斯派克·李的《马尔科姆·x》，都说明太多的投资反而会变成毒药！对真正的艺术家来说，适当的贫困是绝对有必要的！可问题在于《恐怖角》并非艺术电影。

最重要的是，这部电影的企划有两个重要的推动因素：其一，是扮演麦克斯的德尼罗的野心；其二，是想拉拢斯科塞斯前辈发一次财的斯皮尔伯格的算盘。对斯科塞斯而言，《金钱本色》是平生第一次接受他人企划的作品。类似《金钱本色》是《江湖浪子》的续

篇，《恐怖角》其实是一部翻拍作品[1]。都是站在前人前作的肩膀上收获福利的吗？显然不是。斯科塞斯是连后来者昆汀·塔伦蒂诺也难以企及的历史上最佳的黑帮题材电影导演。在他娴熟的技巧和独特的思辨下，他非常自然地囊括了原版《恐怖角》中那些让观众记忆犹新的部分，又悄无声息地将自己对这部电影的思考放入其中。尽管如此，对翻拍作品始终持偏见的评论家依旧对这部电影视而不见。这真的是一部可以被视而不见的电影吗？翻拍过程中出现的种种变化不是更好地呈现了真实的斯科塞斯吗？在恐怖角的深绿色泥沼下，是否隐藏着什么呢？

距离上一版《恐怖角》上映已经过去 30 年了。斯科塞斯这版《恐怖角》一上映就立刻引起了轰动。无论是否喜欢这部影片，几乎所有的评论家都会在评论最后附上需要注意的警句，并对赤裸裸地表现出人类的无耻暴行和性暗示的内容恨得咬牙切齿。

---

1. 翻拍自 1962 年由杰克·李·汤普森执导的同名电影《恐怖角》。

　　在英国上映时，导演甚至与审查当局负责人展开了激烈的争论，最终足足删除四分钟的片长后才得到上映许可。疯狂热爱这部电影的冷酷派小说家巴里·吉福德甚至将自己的小说《我心狂野》（大卫·林奇曾将其拍成电影）的背景设定在恐怖角。但巴里·吉福德却在自己的黑色电影巡礼记中这样写道："很不幸，这部电影没有多少特别值得一提的元素，不过一旦看过，就再难忘记。"

　　《我心狂野》和斯科塞斯的《恐怖角》除了这一点外还存在一些奇特的相似性。对比一下威廉·达福在旅馆房间里诱惑劳拉·邓恩的场景和罗伯特·德尼罗在学校剧场诱惑朱丽叶特·刘易斯的场景吧。两个女人不约而同地轻视无耻、卑劣的男人的同时，又渴望跟他们有性的交集。虽然没有真的发生性关系，但意识到自己在精神层面出轨的女人们痛恨自己的无耻，同时又为没能满足自己的欲望而感到遗憾。这两个场景，可谓整个电影史上难分伯仲的让人作呕的场景。

　　关于长达 30 年的差异，可以从选角开始说起。吉福德的短文尽是对罗伯特·米彻姆的赞扬："剩下的演员们只是为了衬托米彻姆而

存在。"在这部影片里，罗伯特·米彻姆饰演的埃尔加特中尉和他在臭名昭著的邪教经典电影《猎人之夜》中饰演的疯狂牧师一道，成为米彻姆演得最好的角色。分外厚重的眼皮总是半睁着，声音低沉、语速缓慢，简直就是无需任何修饰语来装点的纯粹的恶魔的化身。

麦克斯·卡迪不以为意地说出自己一出狱就去找背叛过自己的妻子，然后将她监禁在旅馆里，连续几天强奸和殴打对方，最后将她的衣服扒光后扔到了高速公路上（原作中并没有这个桥段）。从这段描述，我们丝毫看不出他为威胁律师而做的努力，有的只是极其自然的自我炫耀。正如有些人无须卖弄，也散发出知性、谦和、达礼之美德，麦克斯·卡迪身上非常自然地流淌着恶魔的劣根性。罗伯特·德尼罗真是位有个人魅力又有表演天赋的演员。说到这里，我想起一个场景。最后决斗时，埃尔加特中尉脱掉上衣进入恐怖角的场面尤其引人入胜。在没有任何导演层面辅助视听效果的情况下，只不过是在沼泽里浸水而已，却足以让人联想到鳄鱼或史前时代的恐龙等爬虫类动物。那种冷血动物的形象令人毛骨悚然。如此一来，许多动作和图景描写自然是多余的了。殴打在酒馆相遇的小姐的场

面都可以省略掉，观众只需看到一个完全失魂落魄的女人，就不难
猜到发生了什么事情。因此，对未成年女儿的强奸威胁也只需他的
几次视线处理就足够了。即使是不做任何表情，也足以感受到那份
厌恶，简直就是厌恶至极。

相比之下，罗伯特·德尼罗是怎样的呢？他学识渊博，得益于
在监狱中自学的法律、哲学和神学，成为兼具米彻姆的体能与精神
力量外加知识的复合存在。他身上文身遍布，用泳装女郎形状的打
火机点燃手腕般粗的雪茄，身上穿着俗气的夏威夷衬衫，都可以想
象到这是一个全天下最差劲的人渣。文身的内容尽是《圣经》中关
于复仇的句子，"我要复仇""神是复仇者""真相和正义"等。与
其说他是为复仇而活的前科者，不如说是一个充满传奇色彩的复仇
天使。

不愧是经常引用《圣经》章节来恐吓别人的神人，麦克斯生命
的最后也如殉教者般壮烈。他一边沉入水中一边声嘶力竭地喊："我
要渡约旦河……"他唱赞美歌那副样子，让观众无从宣泄。最终，
他向律师瞪大布满血丝的双眼，而后缓慢地潜入水中。事已至此，

可又有谁能放心呢？如果说米彻姆是难以杀死的敌人，那么德尼罗是杀不死的敌人。如果说汤普森的《恐怖角》是纯粹的黑色电影，那么斯科塞斯的则是纯粹的恐怖片，是弗莱迪（《猛鬼街》系列中不死的恶棍）时代的《恐怖角》。

此外，在 1962 年版影片里饰演律师萨姆的格利高里·派克以木头般枯燥无味的演技与米彻姆形成了鲜明的对比。实际上这不是演员的错，应该是编剧和导演的能力不足导致的。在原作中，萨姆和他的家庭过于单纯。格利高里·派克是直到最后才鼓起勇气的无能家长，他饰演的是一个典型的消极型人物。既然这样，谁又会同情这个毫无个性的主人公呢？斯科塞斯从一开始就集中钻研这一弱点，并充分彰显了自己的野心。是否能翻牌，其实在选角过程中已有了端倪。格利高里·派克在新作中友情出演帮助麦克斯的狡猾律师，而罗伯特·米彻姆则友情出演同情萨姆的中尉。斯科塞斯的目的在于否定善恶两分法以及破坏中产阶层意识形态。

因此，尼克·诺特扮演的萨姆作为一个完全不同的角色登场。在前一部里，他目睹了强奸案并在法庭上做证，因此成为麦克斯不共戴天的仇人。但在新版中他不再是那种善意的受害者，他变成了麦克斯强奸殴打事件的正式律师。他理所当然应该尽最大努力为当事人做无罪辩护或降低量刑，但他感情用事，把自己的职责抛到了脑后。

因为自己的委托人是无耻之徒，所以隐瞒了对委托人有利的信息。最后，本来有可能被判无罪或8年有期徒刑的麦克斯，被判处了14年有期徒刑。作为民主主义法律秩序的代言人，萨姆严重违反了职业道德，再也不能像前一部那样继续拥有好人的头衔了。一言以蔽之，萨姆成了理应受到惩罚的人，而电影则变成了法律所伸张的正义与倡导向善的人性之间角斗的战场。最后的游艇场面就是本片的高潮。

后来麦克斯将萨姆捆绑了起来，而后开始了模拟审判，游艇瞬时变成了法庭。而象征中产阶层安逸生活的游艇，要不就是遇到阵雨而疯狂颠簸，要不就是在水面上不停盘旋，最终不幸撞到暗礁而受损。也就是说，落到了麦克斯所说的但丁的第9地狱，那是只有背信弃义者们才会去的水中地狱。[1]30 年前在阶级矛盾中单方面获得胜利的萨姆，遭到了斯科塞斯的"报复"。诺特在片中的角色完全是为了承受百般捉弄而存在的，雄性气质荡然无存，胆小如鼠、笨拙的大块头如无头苍蝇般不知所措，样子引人嘲笑。而他正是引发这一切乱局的罪魁祸首。在黑白版本上完美、善良且纯真无邪的妻子和女儿，进入 90 年代后完全适应时代潮流变成堕落天使，而造成这一切的，是家长。影片刚开始时，萨姆接了一个离婚诉讼案，他试图让出轨的丈夫破产，可自己其实也做了不道德的事情。

妻子李始终难以摆脱丈夫搞外遇的阴影。二人表面上过得很平静，其实夫妻感情早已产生裂痕。电影中段丈夫再次劈腿，她对丈夫直言不讳地表达了蔑视。第一场卧室镜头乍一看似乎非常幸福，有说有笑的夫妻实际上是背对着彼此，对着镜子在说话。做爱场面中出现男女交握的手，戴上结婚戒指的手部特写镜头突然变成黑白影像，莫非是要看透婚姻关系内里的透视图？

没有快感的性爱结束后，妻子在卧室里百无聊赖地踱步，当她把视线移到窗外时，发现了一个人，那个人理所当然就是麦克斯。麦克斯背后的空中正在绽放美丽的烟花，仿佛是在庆祝他被释放

---

1. 第 9 地狱，出自但丁的作品《神曲》。《神曲》中有 9 层地狱，分别住着色欲、饕餮、贪婪等，第 9 层住的即是背叛。

（实际上是为了庆祝即将到来的独立纪念日）。李手中的口红和他嘴里叼着的雪茄产生了视觉联系，这当然是在暗示性。麦克斯跨坐在一堵围墙上，而尼克·诺特戴的无边眼镜跟《稻草狗》（萨姆·佩金帕导演）中的无能丈夫达斯汀·霍夫曼戴的是同一款。这个镜头暗示她的家庭里没有一堵结实的围墙。

雪上加霜，女儿丹尼尔因吸食大麻受到停学处分，她对始终把自己当孩子的父母抱有很大的不满。在父母争吵时，丹尼尔意识到了父母的腐败行为。妈妈看着狗自言自语地说道："你好像是在医院里被调包了。"听起来倒更像是说给女儿听的。萨姆和家人首次同框的场景是在电影院里，当时上映的电影是《问题儿童》。对于妨碍大家观影的麦克斯，丹尼尔说道："爸爸应该把那个家伙打倒在地上。"面对把自己当作无能又懦弱的胆小鬼的女儿，父亲以勒脖子的游戏做了回应。

这个家庭终究不是伊甸园，而麦克斯也不是出现在外面的一条蛇。与其说他是侵入者，倒不如说是出现在内部的镜子效应。中产阶层家庭是从里面开始腐烂的泥潭，麦克斯是从泥潭表面的泡沫中诞生出的"恶魔"。源自著名设计师索尔·巴斯夫妇的"信用单元"，由出现在恐怖角水面上的麦克斯的眼睛和轮廓，以及面部特写和血滴的叠加所构成。这一概念明确反映了麦克斯其实是萨姆一家愤怒、痛苦和扭曲的欲望的写照。那面镜子是单面反射镜。麦克斯在警察局被搜身的时候，萨姆通过玻璃观察房间里的麦克斯，但麦克斯只能看到镜子里的自己。不过，在独立纪念日阅兵式上，由于麦克斯佩戴了反光太阳镜，从而使这种关系发生了逆转。虽然麦克斯能看清萨姆，但是萨姆却只能看到映在镜片上的自己。关注一下一名私家侦探对萨姆说的话："一旦知道你不在家，就会有只苍蝇靠近你们家。"难不成萨姆的家庭是个招苍蝇的厕所？

片中并存着两种有关女性之性的不同观点，李和丹尼尔是受到性压抑的女性，李的丈夫满足不了她，而青春期丹尼尔的性欲得不到认可。应该藏在自己家里的萨姆因为失误而突然站起来时，丹尼尔大声喊道："爸爸不能站起来。"这既是提醒父亲不要被窗外的麦克斯发现，同时也是对无法勃起的父亲的嘲弄。这对母女对禽兽般的麦克斯抱有性幻想。另外，萨姆的情人 Rohri 被有妇之夫甩掉后，以自暴自弃的心态接受麦克斯的诱惑，于是遭到了可怕的暴行（咬她脸颊的麦克斯，更像是吸血鬼，而不是强奸犯）。片中女人们不约而同地给人以渴望被强奸的印象。最后，李向麦克斯表白，她跟他有着强烈的共鸣，她说自己能够理解麦克斯心中深深的失落感，麦克斯是因为萨姆失去了 14 年的岁月，而她是因为萨姆失去了婚姻生活带来的幸福。

此外，丹尼尔的牙齿矫正器相当于在学校剧场里伸入她嘴里的麦克斯的手指。麦克斯说自己在监狱里被同性恋轮奸的过程中，突然发现了自己体内潜在的女性特质。可见导演一直在强调作为牺牲者的女性形象。但是当麦克斯假扮女人时，一切都发生了逆转。就

像《惊魂记》中的贝茨母女一样，女性变成了攻击者。莫非斯科
塞斯是根据《惊魂记》中珍妮·李的名字来命名萨姆的夫人李的名
字？

同样，女儿的名字也从南茜改为丹尼尔。在《旧约》中，丹尼
尔是解梦和语言专家。在《恐怖角》中，丹尼尔分别出现在影片的
前后并陈述本片是根据自己的记忆改编的，而且多年以后的今天，
她依然能从梦中唤醒麦克斯。这一切也许是她的噩梦，抑或是在暗
示麦克斯并没有死，就像出现在中产阶层青春期少女们梦中的永生
不灭的恶魔弗莱迪·克鲁格一样。

今年我去参加纽约电影节期间，受到了斯科塞斯的邀请。我
参观了他的办公室、收藏室、会议室，还观摩了他在编辑室的日常
工作。我很想多听一些关于他作品的事情，但他一直在讲我的电影
和淳南的作品。我总不能贸然打断他如瀑布般倾泻而下的话题，问
《恐怖角》的相关故事。我本着学生的心态去了那里，但到头来发现
真正的学生反而是他。

未亡人

《离魂异客》

威廉·布莱克（约翰尼·德普饰）是为了就业而前往西部的会计师。在火车上，伙夫（克里斯汀·格洛弗饰）告诉他，威廉会在那座村庄迎来死亡。威廉奔波了很长时间才赶到公司，可公司却告知他被拒绝录用。总经理狄金森（罗伯特·米彻姆饰）甚至用枪驱赶威廉。威廉遇到了像花一样的姑娘 Cell（米莉·阿威塔尔饰），之后跟着她回家，并过了一夜。第二天，暗恋 Cell 的男子查理（加布里埃尔·拜恩饰）突然闯进了 Cell 的家，并对威廉开了枪。Cell 想救威廉，结果不幸中枪。威廉在慌乱中拿起 Cell 的枪打死了查理，然后逃跑。

威廉从昏迷中醒来时，发现一个印第安人正在为他治疗枪伤。印第安人 Nobody（加利·法梅尔饰）把威廉当作已死之人，并且 Nobody 相信他就是自己崇拜的诗人威廉·布莱克的幽灵。狄金森悬赏缉拿杀害自己儿子查理的威廉，包括传奇杀手威尔逊（兰斯·亨利克森饰）在内的三个人开始追捕威廉。威廉在树林中遇到了猎人（伊基·波普饰和比利·鲍伯·松顿饰），并请求帮助，却险些遭到强奸。后来威廉在 Nobody 的协助下杀死三人。在后续的旅途中威廉

不断杀人，结果再次负伤而死去。Nobody 以印第安人的方式为他送葬，威廉躺在独木舟上漂向大海。

喜不喜欢某部电影完全是个人喜好问题，但芝加哥的罗杰·约瑟夫·埃伯特对《离魂异客》的评论仍然激怒了我。他说："从剧场回家后，我拿起了久违的威廉·布莱克诗集。读诗的 30 分钟里我感受到的幸福，彻底疗愈了我看完长达两个小时的无聊电影后受伤的心。"天下居然还有这样的影评家，他还不如这么说呢："《发条橙》太无趣了，好在回家路上配合着《雨中曲》的节奏打了一顿路过的老人，心情顿时豁然开朗。"

不过，如同埃伯特所指出的一样，年轻的吉姆·贾木许过于自我，也爱彰显自我，他那浅薄的神秘主义只不过是一种粉饰。有些镜头甚至让观众都为他捏把汗。例如，约翰尼·戴普抱着小鹿的尸体并排躺在地上的场面（能够猜到那可怜的野兽是为了更加抒情地表达不幸去世的 Cell），矫情得令人感到不自在。回归大自然或生命的轮回都没什么问题，但有几处确实过于假惺惺。尽管如此，我还是打算这样说，看《离魂异客》的 242 分钟（看了两次），超额补偿了我为了

阅读那个糟糕的评论而浪费的 30 分钟和其间所受到的折磨。

这部电影首先让我着迷的是画面、音乐和演员，这一点大家应该类同。继《不法之徒》之后，罗比·穆勒又一次创造出的黑白画面实在是太美轮美奂。尼尔·杨仅凭一把吉他演奏出的迷人音乐始终贯穿整部片子，他通过反复弹奏单纯的旋律，使听者的灵魂为之沉醉。穆勒的画面生动地再现了美国开拓期的纪录片摄影师蒂莫西·奥沙利文和威廉·亨利·杰克逊所呈现的未加工前的真实面貌与素朴之美。特别是在树林中拍摄的镜头生机盎然，仿佛都能闻到新鲜树叶释放的香气，能够让人充分感受到森林浴的快感。尼尔·杨自始至终边看电影边即兴演奏，录音的音乐，可以跟迈尔斯·戴维斯在《通往绞刑架的电梯》中取得的效果相媲美。用扑克脸能表现出种种情感的约翰尼·戴普和兰斯·亨利克森在这部影片中扮演了这一辈子都再难遇到的角色，并尽情展现了最佳演技。包括史蒂夫·布西密在内的十多名明星配角，也纷纷通过短暂的出境时间炫出了出色的演技，使观众遐想联翩。从他们说的只言片语里观众都能猜出他们的整个人生。特别是好莱坞的怪才克利斯汀·格洛弗的即兴表演真可谓是压轴戏。

是否欣赏《离魂异客》，全看是否能看懂其中的幽默。可以说这部影片本身就是一个巨大的玩笑，这份幽默实在是过于独特，所以完全可以左右人们对这部作品的评价。举个例子吧，一边踩碎头盖骨，一边嘟囔着亵渎神灵的话语的威尔逊实在太残忍，还是省略了吧。不妨听听另外两个人关于威尔逊的谈话吧。"你知道吗？那个家伙侵犯了自己的父母。"同伙一脸蒙，眨了半天眼睛，而后问道："……两个都？"

没错，双亲都包括在里面。早期的美国人就像威尔逊那样侵犯双亲后再吃掉。如果原本生活在那片土地上（后被命名为马萨诸塞州）的印第安人，不给五月花号的乘船者们提供吃食和就寝的地方，不到一年移民们就得尽数冻死或饿死。然而到了下一代就发生了印第安人大屠杀事件。而且，移居者们随即发动了国内战争，并成功实现独立。背叛生身父母英国和救命恩人印第安人，这不是弑父弑母又是什么呢？接着，威尔逊因一句"Fuck you（跟妈妈做那事的人）"而了结了同伴的生命。当被问到"从哪里移民过来"时，他连剩下的一个人也杀害然后吃掉了。这可不是开玩笑，实际上，在美国开拓史上经常会出现捕食印第安人的故事。

总而言之，这是一部吃掉灵魂的肉体、吃掉生命的死亡、吃掉人类的发展、吃掉历史的类型片。随着威廉·布莱克的旅程，我们可以重温他的每一个经历。他把所有的悲剧都归结到了自己身上（等于他将查理开枪后贯穿 Cell 胸膛的子弹"象征性"地钉进了自己的心脏），然后不断去抗拒和为了扳回这一切而不停挣扎，是一个自相矛盾型的英雄。或许他早被查理开枪打死了，以后的故事只不过是他死去后的梦境而已。那一瞬间威廉看到的划过夜空的流星就是证据。无论那是梦境还是生命的轮回，总之已踏上了旅程。

这部电影的开头与其说是西部片，倒不如说是公路电影（故事始于列车）。就像所有优秀的电影一样，不怎么长的导入片段里浓缩着电影的主要内容。威廉·布莱克就像《双虎屠龙》中的律师詹姆斯·斯图尔特一样（《离魂异客》是自《双虎屠龙》以来第一部黑白西部片），从东部大城市去往西部。当然，在西部片中火车或铁路都是开拓的象征。不只《荒漠怪客》和《西部往事》两部电影，还有许多西部片里都会出现的类似场景。列车承载着开拓的愿望一路疾驰！极其安静的客房和动感的车轮交替出现，贾木许用自己的方式呈现了历史节奏。列车象征带着原地踏步的人类一路疾驰驶向文明和发展。在这部节奏超慢的电影中，列车是唯一一个具有速度感的被摄物。然而，坐在火车上看到的窗外风景却变得非常缓慢，可以说那些实际上是由题材相关图片构成的全景图。沙漠和纪念碑谷、被烧毁的驿站马车（《关山飞渡》）和印第安帐篷（《搜寻者》），这些都是通过木栅看到的，所以就像是经过宽屏处理的录像带画面一样，或像西尼玛斯柯普型银幕电影画面一样被拉长了。这是属于约翰·福特的世界，而吉姆·贾木许从一开始就展现出了题材的残骸。威廉抵达西部的那一瞬间，目睹了西部片死掉的现场，这是一部从西部片结束的地点重新开始的西部片。

真是一列片如其名的神秘列车。从一开始就给人以走向地狱的感觉。果不其然，伙夫走近威廉搭起话来，脸上沾满煤灰的样子恍如在地狱烧火炉的恶魔。他预言威廉会在西部发现自己的坟墓。随后，伙夫问道："你有爱人吗？""现在没有了。""原来是变心了啊。"这里，克里斯汀·格洛弗的表演实在是太不自然了，甚至都有点儿荒谬。谈到变心时的表情带有一股杀气。那副表情，即使不做长篇说明，也能让人猜到他应该背叛过自己的情人（没过多久，威廉遇到因为情人的变心而失去理智的查理，并陷入了噩梦之中）。这时，乘客们突然从座位上站起来，向窗外开起了枪，他们是向得不到的水牛开枪解闷的野蛮人，这一切仿佛是针对威廉的，包括鞭炮在内的大规模欢迎仪式。"欢迎来到地狱！"

另外，伙夫还在火车上突然提及坐小船旅行的话题，就好像知道威廉之后会坐船一样。这样导入的火车片段正好与最后的独木舟片段形成了鲜明的对比。也就是说，威廉从一开始就向着注定的结局走去，这是一场宿命般的旅程。

公路电影大多是为了谋求主人公的成长。在教育小说中，少年通常都是离开农村去往大城市，在那里融入人类社会中。但我们的威廉恰恰相反，他不是走向成长，而是走向死亡，他正在远离人类社会。他在路上没有得到智慧和教育，他一直在扔掉一些东西。伙夫说："坐在火车或船上看外面的风景，就会有种自己是静止的，是风景在动的错觉。"这种感觉威廉经历过好几次，甚至躺在地上看天空也会觉得天旋地转。这种地心说呈现了人物的无力感。在迎来死亡之前，威廉一次也没有做出过积极的行动。别说是西部片，连成长电视剧都没有出现过如此被动的主人公。这无疑是对开拓大地、开拓命运的美国人的开拓意识形态的一种嘲弄。贾木许试图通过主人公的消极行为，对美国和美国电影进行积极的反抗。结果，《离魂异客》变成了反西部片、反成长片和反公路片的电影。

比《比天国还要陌生》还要陌生的《离魂异客》是一部咒术影片，是朴常隆式的公路电影。用一句话来概括就是"关于死亡的研究"，而威廉的旅程正是"死亡之路"，也就是去往黄泉的路。失去

父母后背井离乡的冒失鬼，因意外杀人事件和新认识的印第安同伴走上了得道之路。他在前进的过程中见一个杀一个，不知不觉就杀了七个人。如果加上由自己引发的间接杀人，足足有十三个。在这一过程中，他被视为已故的天才诗人，连传奇杀手都会仰慕他。"这把枪会代替你的舌头，你会通过它学习如何说话，并用鲜血书写你的诗歌。"实际上，威廉用钢笔刺伤自称是粉丝并讨要签名的传教士的手背，然后就这样嘟囔道："这就是我的签名。"如今，前任会计师只能在悬赏通缉海报中读数，而那个数字就是自己杀掉的人数。

到达村子里的他，对西部的荒凉和野蛮惊愕不已。贾木许的出道作品中出现过异乡人眼中的美国，他把美国描绘得非常荒芜和凄凉。他可以把熟悉的场所变得面目全非，哪怕是我居住的地方，如果是他拍了我不一定能认出来。在奥德赛横穿大陆后一路西进至太平洋的旅程里，美国并非西部片中司空见惯的那个地方。位于开拓的最前线，即铁路尽头的那座村庄名为"Town of Machine"，但那里的居民一言以蔽之就是禽兽不如。对印第安人而言，白人是仅一年就屠杀百万只水牛、传播传染病的残暴人种。所谓的开拓地，就是遍地骸骼和骨头的死亡村庄，是人们光天化日之下在马尿和狗屎流成河的街道旁公然行苟且之事的地方。他想就职的公司是一家五金制造工厂，熊熊燃烧的熔炉让人联想到狄金森老板地狱般的房间也是用骷髅和动物标本装饰的死亡空间。垄断现世的财富（钱币）和香烟（老板和财务部门员工是仅有的获准可在这里尽情抽烟的人群）的他，具有名副其实的神的形象。经常用来比喻造物主的布莱克的诗《老虎》（伍迪·艾伦的《另一个女人》中提到的那首诗），完全可以用在此情此景中。"你的大脑曾经在哪一个熔炉里？哪个永生不灭的手和眼睛，胆敢塑造你这么可怕的对称体？"回忆一下工厂里的熔炉和挂在老板办公室的匾额吧，以完全相同的姿势站在前面的狄金森，跟肖像画里的自己形成了完美的对称。

如果说这种地狱有一线希望，那当然是 Cell，她就是描述天使的布莱克的组诗《Cell 的故事》中的那个 Cell。她兜售纸玫瑰。她说如果哪天有钱，就想用丝绸来制作玫瑰，并洒上法国香水。但这明摆着是徒劳，因为再怎样假玫瑰也不会变成真玫瑰。曾经是妓女的 Cell 不可能通过这种方式得到救赎。当她问威廉闻到了什么味道时，威廉自然是只能闻到纸的味道。即使有一天真的能闻到香水味，但那终究也不是真正的玫瑰花香。最终她还是没能摆脱这个人工城市，即死亡之城。她在狄金森的酒店里被他儿子杀害。正如布莱克在《生病了的玫瑰》中吟唱的那样："哦，玫瑰，看来你生病了……我发现了，艳红的喜悦之床，他阴暗且隐秘的爱情终究破坏了你的人生。"

被开辟的处女地并非沙漠或平原，而是丛林。已故者和什么也不是者搭伴游荡充满生命力的原始森林（这一风景位于蒙特·赫尔曼在《射击》中呈现的沙漠的对面尽头。不愧为超现实主义西部公路片《射击》，曾经展现出本类型中最为荒凉的不毛之地。在此片中，沃伦·奥茨就像威廉是枪手加诗人一样一人分饰两角，而杰克·尼科尔森也像威廉一样孤军奋战到电影结束）。这座森林被设定为城乡之间的中间地带，它就像白天和黑夜之间的晚霞。正如追踪者 Twill 所说的那样，如果没有过渡期，像关灯一样从白天直接变成黑夜，那该多荒唐啊？《离魂异客》实际上相当于威廉走过晚霞的例行仪式。就像 Nobody 一样，因为是两个部落的混血儿，被家人遗弃后，在驼鹿群中长大，之后去了城市，但最终还是从城市逃出来，威廉也是横跨两个世界中间地带的旅行者。Nobody 骑白马、威尔逊骑黑马、威廉骑黑白两种马混在一起的斑马，他们分别骑着不同马走过的风景（尤其是《迷魂记》中出现的森林场景）美轮美奂，这跟晚霞非常美丽是同样的道理。正如之前说的那样，这是"走向死亡的例行仪式"，并非入职仪式，甚至可以说是辞职仪式。

约翰尼·德普能够出演本片应该多亏了他印第安人血统的外表。影片中他摘掉了眼镜，身上披着熊皮，脸上涂满印第安人的彩绘到处晃荡。刚开始时，不戴眼镜什么也做不了的威廉，到最后都能靠肉眼射中数十米之外的人。乘坐独木舟顺江而下时会经过被白人化为焦土的印第安人部落，那副景象犹如《现代启示录》中威拉德寻找科茨穿越丛林时所见到的杀戮和死亡场景。抛弃文明回归野蛮、抛弃理性回归本能、放下钢笔改用枪支；从望窗外的水平旅行，到躺在船上望天空的垂直旅行；从西进的空间移动，到永劫轮回的时间移动。始于蒸汽火车锅炉的电影，终以太平洋的无尽海水、正在下的雨，以及威廉在雨中掉下的眼泪落下帷幕。Nobody 被英国军队逮捕到伦敦后最后还是回到了那片森林，而威廉则进行了更加靠近根源的旅行。Nobody 送别威廉坐的独木舟时胡诌着送别词："你将回到原来的地方。"

这时，Nobody 把来之不易的烟拿给威廉，说这是去往黄泉路上的盘缠。也许正因为如此，所以本片的出场人物都纷纷向威廉讨要香烟吧。关于香烟，有非常精彩的台词："抽烟就能想到人生是有限的，就像烟雾一样虚无缥缈……"在八竿子打不着的另一部影片中，居然有对贾木许电影精辟的解说。此外，王颖和保罗·奥斯特的《烟变奏之吐尽心中情》中也有类似的台词："肚子空空则便器满满。"换句话说，如果肚子是空的，那么说明便器是满的……如果烟头短了，说明烟灰多了。"活着就意味着正在死去。"就像我们所有人一样，威廉·布莱克是既没活着也没死去的"未亡者"。威廉以这样的身份离开了西部开拓地，为了成为最终迈向超越死亡的另一世界的灵魂开拓者。

再见吧，青春

《四五口径女郎》

也许是因为性情傲慢，无论是读书还是听音乐，我从来都不喜欢所谓的世界名著，就喜欢觊觎无论谁看都稀奇古怪的东西。在电影方面也不例外，因为与生俱来的怪物性情，要找一部自己喜欢的电影实属不易。

在 1992 年，我偶然遇见了酷似詹姆斯·保罗·麦卡特尼的人，交上朋友后我才发现他和我的兴趣爱好竟然如此相似，那位高手的名字叫李勋。和他一起分享电影和音乐的几年是我人生中文化生活最丰盈的时期，真是让我终生难忘。正在准备导演处女作的允、电影音乐编导赵、FM DJ 宋、电影海报店老板李、爵士评论家李、FM 专栏作家李、电影专职记者吴等，我们几个酒友经常会一醉方休，直到次日早晨上班高峰过了之后才会散伙。好在当时的我们大部分都是无业游民，所以时间多得很。虽然我也发表了出道作品，但什么时候才能接拍下一部电影还遥遥无期。因此，当年总是用"曾经的电影导演某某"来做自我介绍。当时在国外留学的李勋突然从俄亥俄州回来了。我们经常以电影代餐、熬夜喝酒，天天混日子。在那繁杂的混乱局面里，我还能沉下心来认真看电影，所以常被他嘲

笑成老夫子。他时而耐心地指导我，时而严厉地鞭策我，就这样，过了一天又一天。遇到他之后，我才学会嘻嘻哈哈地观看可怕的《蓝色钻石》，还跟一点儿都不像教科书里出现的严谨艺术家那样的天真烂漫的老顽童布努埃尔成了好朋友。

　　与阿贝尔·费拉拉正式照面也是那时候的事情。虽然以前在斯卡拉剧院看过《中国女孩》，但李勋费尽周折弄来的代表作品《四五口径女郎》才算是我跟费拉拉正式认识的一个契机。在这部电影里，一个聋哑少女在大白天遭遇了两次强奸。不愧为裁缝，她用熨斗打死了第二个男人，然后将尸体剁成块放进了冰箱。在每一个无法入睡的夜晚，她就会从冰箱拿出一块扔到纽约的各个角落。每当那个时候，她就会手持强奸犯留下的四五口径手枪射杀映入视野的所有男人。最后，她穿着修女服去参加一个化装舞会，并试图展开最后一场屠杀派对，不料却被一个女朋友刺死。不会耍宝、更不会摆谱的纯粹、简洁明了、不会说废话的年轻人费拉拉，不免让人联想到步入老年的毕京柏。正如李勋所说的那样："说干就干！"朋友们称其为"蛮干主义"，也叫不管三七二十一。这也是后来李勋创作《甜蜜的俘虏》或《睫毛膏》之类电影时尽情发挥的那种理念。

　　大约一年之后，我们俩再次聚在一起看了场《坏中尉》。从不拐弯抹角，也没有纷繁复杂的修辞，那种直来直去的风格依然费拉拉。当画面里赫然出现在教堂遭遇轮奸后住院的修女下体特写时，以及描绘堕落的天主教刑警哈威·凯特尔的苦闷心情时，十字架上的耶稣突然走下来的大胆尝试，让我们纷纷为之倾倒。一向喜欢单纯而强烈电影的李勋更喜欢前一个镜头，而看重道德层面问题的我更欣赏后一个镜头，可这些许的差异并不妨碍我们的臭味相投。现在回看，当时的情况并非是首尔的我们崇拜纽约的费拉拉，实际上是一种志同道合。我们看费拉拉、哈特利、贾木许、考里斯马基的作品时，胆敢相信除了被题材的局限性勒住脖子的好莱坞娱乐电影，以及深陷自我意识陷阱的欧洲艺术电影，一定还有第三条路。现在看来我是否太天真了？

　　我和李勋认识的时间并不长，因为正如大卫·鲍依（原名大卫·罗伯特·琼斯）的那首名叫《五年》的歌曲那样，他死掉了。我们很清楚那一段疯狂的青年时代也落下了帷幕。他留下的涂鸦中有这样一句话："都没人问你这个问题，你还总张嘴闭嘴就说自己会在 30 岁那年死亡，结果真的 30 岁那年就死掉的马克·波伦……"当问到去无人岛时只能拿一样东西会拿什么，他挑了大卫·鲍威的 *Ziggy Stardust: The Motion Picture* 专辑，其中一首歌曲 *Rock 'n' Roll Suicide* 中有这样的歌词："你路过熟悉的咖啡店，不忍面对过往的回忆，感觉自己生无可恋……"问题是你为什么偏偏在 1996 年的那天晚上在新村，走进了会发生火灾的"滚石"咖啡馆呢？难道你以为自己已经教会朴赞郁一切东西了？当我们让凉水里（地名）的凉水带走因火葬经历了两次焚烧的李勋之后再次抬头时，发现彼此的眼中已布满了中年男人的疲惫。是该清醒了，你已被我这个不懂人情世故的小屁孩拖累了很久。从那一瞬间起，管他是费拉拉还是什么，我们已经目中无人。

图书在版编目（CIP）数据

朴赞郁的蒙太奇 /（韩）朴赞郁著；杨帆译 . — 成都 :
四川文艺出版社, 2020.1
ISBN 978-7-5411-5558-1

Ⅰ . ①朴… Ⅱ . ①朴… ②杨… Ⅲ . ①散文集—韩国
—现代 Ⅳ . ① I312.665

中国版本图书馆 CIP 数据核字 (2019) 第 245298 号

版权登记号　21-2019-580

PIAOZANYU DE MENGTAIQI
朴赞郁的蒙太奇
［韩］朴赞郁 著　杨帆 译　卢珍 金宝镜　校译

策划出品　磨铁图书
责任编辑　王梓画　叶 驰
特约监制　潘 良 魏 强
装帧设计　唐旭 & 谢丽　xtangs@foxmail.com
责任校对　汪 平

出版发行　四川文艺出版社（成都市槐树街 2 号）
网　　址　www.scwys.com
电　　话　028-86259287（发行部）　028-86259303（编辑部）
传　　真　028-86259306

邮购地址　成都市槐树街 2 号四川文艺出版社邮购部　610031
印　　刷　河北鹏润印刷有限公司
成品尺寸　140mm×210mm　　开　本　32 开
印　　张　9.5　　　　　　　　字　数　180 千
版　　次　2020 年 1 月第一版　印　次　2020 年 1 月第一次印刷
书　　号　ISBN 978-7-5411-5558-1
定　　价　65.00 元